千家诗

主编　洪镇涛
选编　宋·谢枋得
　　　明·王　相
注译　王远方

上海大学出版社

图书在版编目(CIP)数据

千家诗 / 洪镇涛主编. —上海:上海大学出版社,
2012.8(2013.1 重印)
(国学精粹)
ISBN 978-7-5671-0237-8

Ⅰ.①千… Ⅱ.①洪… Ⅲ.①古典诗歌—诗集—中国
Ⅳ.① I222.72

中国版本图书馆 CIP 数据核字(2012)第 137821 号

责任编辑 张天志
封面设计 木头羊工作室
技术编辑 金 鑫 章 斐

千家诗
洪镇涛 主编
上海大学出版社出版发行
(上海市上大路 99 号 邮政编码 200444)
(http: //www.shangdapress.com 发行热线 66135110)
出版人:郭纯生
*
湖北省安陆市安东印务有限公司印刷 各地新华书店经销
开本 880 × 1230 1/32 印张 7
2012 年 8 月第 1 版 2016 年 3 月第 2 次印刷
印数:20001~25000
ISBN 978-7-5671-0237-8 / I · 173 定价:20.00 元

前言

我国传统的蒙学教育非常重视在儿童启蒙阶段的诵读训练，而当时传播广泛、影响深远的被用作启蒙训练的教材有“三百千千”，即《三字经》、《百家姓》、《千字文》和《千家诗》。其中，《千家诗》是明清两代流传极广、影响极深的一本儿童普及读物。它自问世以来就受到广大读者的青睐，“千家诗”这个书名更是被广泛采用，如清代有《国朝千家诗》、《续千家诗》，民国有《醒世千家诗》，当代又出现了《官厅湖畔千家诗》、《岭南千家诗》、《少儿现代千家诗》、《中日友好千家诗》和《外国千家诗》等等，不一而足，蔚为壮观，足见“千家诗”的影响之深远。

《千家诗》源于南宋诗人刘克庄编选的《分门纂类唐宋时贤千家诗选》，该书遴选了唐宋时期大约368位诗人的七言绝句、五言绝句、七言律诗和五言律诗共22卷1281首，因此简称为《千家诗》。它经历南宋、元、明、清四个朝代，影响力不断扩大，且日久弥新，历代多有在其原本基础上选录编订的各种重印本、新镌本、注释本、笺注本和绘图本等各种版本流传。其中以南宋谢枋得选编、明代王相作注的

《重定千家诗》(皆七言律诗)和王相选注的《新镌五言千家诗》最为简洁精练,所以流传最广。后来坊间又把《重定千家诗》与《新镌五言千家诗》合而为一,选有七言绝句、五言绝句、七言律诗和五言律诗226首,编成四卷,真正成为与《三字经》、《百家姓》、《千字文》具有同等地位的蒙学通行诗歌读本。

《千家诗》所选诗歌多为唐宋时期的名家名篇,内容丰富,包括有山水田园、赠友送别、思乡怀人、吊古伤今、咏物题画、侍宴应制等多种题材,较为广泛地反映了唐宋时期的社会生活,清新隽永,意境深长,气象万千,雅俗共赏,易学好懂,堪称我国古典文化之瑰宝。

本书对这些诗歌加以简洁的注释和导读,希望读者朋友们能够在诵读中初步领略我国古典诗歌的韵味和意境,欣赏古典诗歌的绮丽妙处,激发读诗诵诗的浓厚兴趣。

目录

七言绝句

七言律诗

五言绝句

五言律诗

七言绝句

春日偶成[①]

宋·程　颢

云淡风轻近午天，傍花随柳过前川。[②]

时人不识余心乐，将谓偷闲学少年。[③]

注释

①偶成：偶感写成。这是诗题常用语，表示偶然有所感而作。②云淡：晴朗的日子，云层淡薄。午天：正午时候，指十一点至十三点之间的时间。傍：靠近。随：顺着。过：到。川：河流。　③时人：当时的人。不识：不了解。余：我。将谓：以为。将，乃，于是，就。偷闲：抽空玩乐。

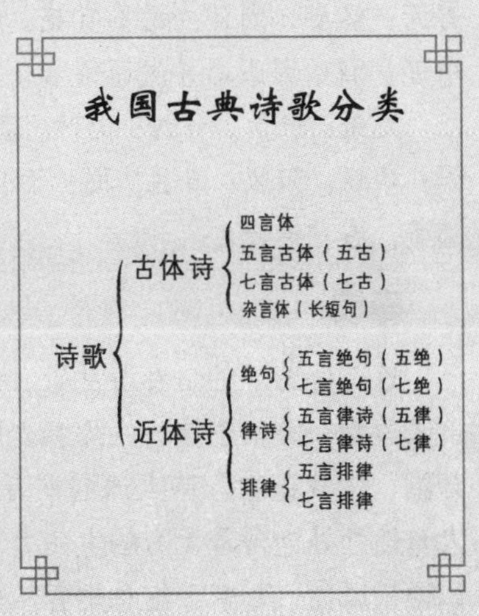

导读

这是一首即景诗，描写春天郊游的心情以及春天的景象，也是一首写理趣的诗，诗人用朴素的手法把柔和明丽的春光同作者自得其乐的心情融为一体。诗的前两句写景，从天空到地面逐渐呈现出一幅清新明快的春景图，有白云、春风、明日、鲜花、碧柳和清泉。诗人在饱览春色之时，感受到了一种怡然自乐的情趣，而这种悠闲之趣是作者可遇不可求的，因此即使是被人误解，诗人仍是满心欢喜。全诗感情真挚，浅白易懂，尤其是最后一句至今广为流传。前人评论这首诗“平淡中有至味”。是的，“作诗无古今，欲造平淡难。”诗人对整首诗的构思和结构是刻意经营的。

春　　日

宋·朱　熹

胜日寻芳泗水滨，无边光景一时新。①

等闲识得东风面，万紫千红总是春。②

注释

①**胜日**：天气晴朗、春光明媚、景色美好的日子，吉利的日子。**寻芳**：春游，到郊外游览赏花。芳，花草。**泗水**：河水名，在山东省中部。泗水因四源并发而得名，与大运河相通。**滨**：水边。**无边**：无限。**光景**：风景。**一时**：同时。**新**：更新。　②**等闲**：不经意，随便。**识**：认识。**东风**：春风。**面**：面目。**万紫千红**：形容百花盛开。**总是**：都是。**春**：春光。

导读

这首诗着笔的是春游赏景。诗中描绘了泗水之滨春天的美好景色，群芳争艳，万紫千红，一片春光灿烂。本诗也是写理趣的，写得意境开阔，生气蓬勃。诗人沐浴在万紫千红的大好春光里，在他的眼中，大自然处处饱含着无穷的生命力，呈现出一派欣欣向荣的景象。“等闲识得东风面，万紫千红总是春”是历来被传诵的名句，这一富有哲理的诗句，已成为一切初生的美好事物的象征。句中的“识”字承首句中的“寻”字，不经意间点明了这万紫千红的景象都是由春光点染而成的，人们从这万紫千红中认识了春天。诗人寻芳游春踏翠，且喜当春时，风光焕然一新，春风浩荡，扑面而来，百花开放，万紫千红皆是春光点染。

春　　宵[1]

宋·苏　轼

春宵一刻值千金，花有清香月有阴。[2]

歌管楼台声细细，秋千院落夜沉沉。[3]

注释

①**春宵**：春夜。　②**一刻**：比喻时间的短暂。刻，古代计时单位，昼夜为一百刻。**月有阴**：指月亮有时被云层遮住。阴，阴影。　③**歌**：歌声。**管**：指箫笛之类的乐器。**楼台**：楼上四面敞开的平台。**细细**：指声音悠扬清晰。**院落**：院子。**夜沉沉**：夜深。

导读

这是一首抒情状物的诗。全诗以议论起句，点明题旨，强调春宵的宝贵，同时描写了春宵的美丽景色和人们对春宵的珍惜。春天的夜晚，是那么宝贵，因为花卉散放着清香，月亮也有朦胧的阴影之美。诗的开始两句就写出了夜景的清丽幽美，景色宜人。歌管楼台两句，描绘那些流连光景，在春夜轻吹低唱的人们正沉醉在良宵美景之中。对于他们来说，这样的良夜春景，更显得珍贵。而欢乐的时光就在这良宵美景中游移，乐而忘返，这正呼应了首句，点明了题旨。全诗结构新颖，先抒情后描景，此外，夸张手法的运用，给人一种特殊的感觉。

城东早春

唐·杨巨源

诗家清景在新春，绿柳才黄半未匀。[1]

若待上林花似锦，出门俱是看花人。[2]

注释

①**诗家**：诗人。**清景**：美好的景色。**半**：大半。**匀**：匀称。②**上林**：汉代园囿名，这里泛指园林。**花似锦**：比喻花开得似锦绣一样灿烂。**俱是**：都是。

导读

诗人喜欢的是早春的清新景色，树叶新发出几许嫩芽，如果等到游人众多之时，那就已无新鲜清丽滋味可言。这首诗写诗人对早春景色由衷的热爱和赞美。诗的主旨是谈论诗歌的创作原则，但字面上说的却是早春的景色。全诗以自然景物来比喻诗歌创作。诗人认为，诗歌写作是最可贵的，是要善于捕捉新生事物，构成新形象新意境，同时也嘲笑了那种没有出息的人。这种人只能跟着流行说法鹦鹉学舌，唱老调。诗篇从“诗家”的角度来写，又极富理趣，即诗人必须感觉敏锐，努力发现新事物，这样才能推陈出新。同时，这首诗多被认为是讽喻诗，它劝谏为君治国者要善于发现人才，并加以重视和培养。不要等到人才已经功业显著，变成“花似锦”，再去赶热闹。

春　夜

宋·王安石

金炉香烬漏声残，剪剪轻风阵阵寒。①

春色恼人眠不得，月移花影上栏干。②

注释

①**金炉**：金属制的香炉，用来焚香，作为室内摆设。**香烬**：香烧成了灰烬。**漏声残**：漏壶的水快要滴尽，表示天快亮了。漏，古代计时用的漏壶。残，将尽。**剪剪**：形容春风轻微。　②**恼人**：使人心情烦乱。**眠不得**：睡不着。

导读

这是春夜不眠而有所思所写的。诗人没有正面写对人的怀念，诗篇用“香烬”、“漏声”和“寒风”营造了一种清冷、凄凉的氛围，表面上是这庭院夜色搅乱了诗人的清梦，实际上是由于对远方的人强烈的思忆，使诗人感到眼前的春色倍加恼人，感情表达得含蓄、曲折而深沉。

这首诗的好处是处处紧扣着深夜，却又没有一句直接说到夜已如何，而只写夜深时的种种景象。这首诗描述了诗人在政治改革失败后的苦闷心情，诗意由内到外，以景寓情，景物与心理融为一体。

初春小雨

唐·韩　愈

天街小雨润如酥，草色遥看近却无。[①]
最是一年春好处，绝胜烟柳满皇都。[②]

注释

①**天街**：京城的街道。**润**：润滑。**酥**：酥油。**遥**：远。　②**最是**：正是，恰好是。**春好处**：春光好的时候。处，时、际。**绝胜**：远远胜过。**烟柳**：飘着柳絮的垂柳，看上去像笼罩着烟雾一样。**皇都**：京城，首都。

导读

这首诗笔触细腻，清新可读，描绘了早春微雨后的长安街景。小雨过后的早春景色，通过诗人精细的观察，被刻画得细腻入微。濛濛的细雨下在京城的街道上，光滑得像涂了酥油一样。茸茸的小草，似有若无，正是初春季节所特有的田园风光。诗人捕捉住这一处于萌芽状态的景物特征，与暮春时节满城浓烟翠柳的明丽景象相比较，歌颂了新生的有生命力的美好事物。诗人观察十分细腻，诗中“草色遥看近却无”写早春的自然景色，十分准确、精彩。诗人对这种景色的喜爱溢于言表，用“最”和“绝”两个程度副词表达了他对春雨的肯定和赞赏。

元　　日[1]

宋·王安石

爆竹声中一岁除，春风送暖入屠苏。[2]
千门万户曈曈日，总把新桃换旧符。[3]

注释

①元日：农历每月初一。这里指正月初一。　②**一岁除**：一年已尽。除，去，尽。**屠苏**：美酒名，用屠苏、肉桂、山椒、白术等浸泡的酒。　③**曈曈日**：红日初升。曈曈，形容太阳刚出的样子。**总把**：都把。**桃**：桃符。

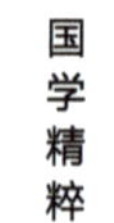

导读

这首诗描写了新年元日热闹、欢乐和万象更新的动人景象，抒发

屠苏酒

屠苏酒，相传为汉末名医华佗创制而成，后由唐代医学家孙思邈流传开来。孙思邈每年腊月，总是分送给众邻乡亲一包药，告诉大家以药泡酒，除夕进饮，可以预防瘟疫。他还将自己住的屋子起名为“屠苏屋”。后经历代相传，正月初一饮屠苏酒便成为过年的风俗。古人饮屠苏酒的方法也很别致。一般人饮酒，总是从年长者饮起。但是饮屠苏酒却正好相反，是从最年少的开始，年纪较长的在后，逐人饮少许。宋代文学家苏辙的《除日》中“年年最后饮屠苏，不觉年来七十余”说的就是这种风俗。有人不明白这种风俗的意义，董勋解释说：“少者得岁，故贺之；老者失岁，故罚之。”意思是，小孩过年增加了一岁，所以大家要祝贺他；而老年人过年则是生命又少了一岁，拖一点时间后喝，含有祝他们长寿的意思。这种风俗在宋朝很盛行，直至清代，这一习俗仍不衰。今天人们虽已不再大规模盛行此俗，但在节日或平时饮用些药酒的习俗仍然存在。

了热闹欢乐的气氛。特别是结尾两句，写千门万户都沐浴在温暖阳光下，大门上的旧桃符也换成新的了，景象宏大明丽，一派万象更新的气象。

这首诗的最大特点是精炼，短短 28 个字，便写出了过新年万象更新的浓烈气氛，堪称大手笔之作。全诗笔调轻快、明朗，眼前景与心中情水乳交融，确是一首融情于景，寓意深刻的好诗。

上元侍宴[①]

宋·苏　轼

淡月疏星绕建章，仙风吹下御炉香。[②]

侍臣鹄立通明殿，一朵红云捧玉皇。[③]

注释

①**上元**：农历正月十五，即元宵节。**侍宴**：臣子赴皇帝的宴会。②**淡月疏星**：指清晨月光淡薄，星星稀少。疏，稀疏。**绕**：环绕。**建章**：汉代宫殿名，这里借指宋代宫殿。**御炉**：宫中皇帝专用的香炉。　③**鹄立**：肃立。鹄，天鹅，站立时很端正。**通明殿**：宋代的宫殿名。**玉皇**：传说里的天宫中最高统治者，这里用来赞美人间的帝王。

导读

这首宫廷即景诗描写了正月十五元宵节这一天皇帝举办宫宴宴请臣子的场面，意在歌颂一种太平气象。封建时代皇帝临朝，礼仪最繁琐，等级最森严，皇帝高高在上，臣子战战兢兢。但诗人却把它描绘得庄严肃穆，典雅隆重，完全是一派歌功颂德的景象。末句把皇帝临朝时隆重气派发挥到了极致。这首诗借宫廷宴臣子的描写，着力表现了旧时皇帝高高在上的威严，又通过这一侧面，表现了一种太平盛世的升平景象。诗中的人物、情境庄严肃穆，典雅隆重，透出一股浓厚的非凡气派。

立春偶成[①]

宋·张 栻

律回岁晚冰霜少，春到人间草木知。[②]

便觉眼前生意满，东风吹水绿参差。[③]

注释

①**立春**：节气名，在阳历每年2月4日或5日。 ②**律回**：古人认为律属阳气，吕属阴气，一年之中，律吕各代表六个月。**岁晚**：年终。立春在农历年底，故说“岁晚”。**“春到”句**：这里用的拟人化手法，开春草木最先发芽，故说它们首先知道春到人间的信息。 ③**生意**：生机，活力。**满**：遍布。**参差**：不齐，这里形容水面波纹起伏的样子。

导读

立春是一年之始。这首诗描写了立春时节万物复苏的生动景象。诗人紧紧把握住这一感受，真实地描绘了春到人间的动人情景。冰化雪消，草木滋生，开始透露出春的信息。于是，眼前顿时豁然开朗，到处呈现出一片生意盎然的景象；那碧波荡漾的春水，也充满着无穷无尽的活力，展现出春天的生命力。从“草木知”到“生意满”，诗人在作品中富有层次地再现了大自然的这一变化过程，洋溢着饱满的生活激情，诗人所用的这些比喻给读者以无限的想象空间，也使诗人乐观的情绪得到了充分地表达。

宫　词

唐·王　建

金殿当头紫阁重，仙人掌上玉芙蓉。[①]

太平天子朝元日，五色云车架六龙。[②]

注释

①**金殿**：君王与群臣议事、举行重要仪式之场所。**当头**：对着、向着。**紫阁重**：紫光殿阁之景象。**仙人掌**：借“仙人”之掌，比喻帝王的贵手，握着一支玉芙蓉。　②**元日**：吉日。**五色**：青、赤、黄、白、黑，古代以此五者为正色。其他为间色。**六龙**：神话传说日神乘车，驾以六龙，羲和为御者。古代天子的车驾为六马，马八尺称龙，因此“六龙”为天子车驾的代称。

导读

唐人王建曾作《宫词一百首》，传诵一时，后人颇多仿作。该诗描写了古代皇帝在农历正月初一朝拜天帝的场面。诗的前两句先写皇家宫殿的壮观气魄：金銮殿庄严巍峨，朝元阁重重叠叠，承露盘高耸入云。后两句写天子出行的不凡气派：御车雕饰精细，色彩斑斓，六匹骏马，高大雄壮，气宇轩昂。“太平”两字，写出了对帝王的阿谀颂扬。全诗通过描绘宫殿楼阁的雄伟壮丽和皇帝銮驾的肃穆气派，表达了诗人对太平盛世及带来太平盛世的天子的歌颂。该诗笔法细腻，形象生动，把一幅栩栩如生的天子朝拜图展现在读者眼前。

廷　试

唐·夏　竦

殿上衮衣明日月，砚中旗影动龙蛇。①

纵横礼乐三千字，独对丹墀日未斜。②

注释

①**衮衣**：王公所穿的绘有龙的图案的礼服。这里借指皇帝。**动龙蛇**：似龙蛇在舞动。　②**礼乐**：即《礼记》和《乐记》。这里泛指关于《诗》、《书》、《礼》、《乐》、《易》、《春秋》等儒家经典的考试内容。**独对**：宋朝设有特荐科，若对策者得到皇帝赏识，就赐进士及第，所以称为独对。**丹墀**（chí）：宫中红色的台阶。

导读

这首宫词是描述皇帝殿试的。前两句描写殿试氛围：坐在殿堂上进行殿试的皇帝，如同日月一样光辉灿烂。砚中旌旗的影子似龙蛇般在蠕动。“衮衣”，指代皇帝。“动龙蛇”，比喻形象而贴切，既强化了肃穆性，又增加了生动感。天子高坐，旌旗森森，答卷用的墨汁早已磨足备好，营造了一种庄严而又神圣的气氛。后两句描写应试者功底扎实，才思敏捷，绝非常人之所及。应试者对答如流，洋洋洒洒几千言，一挥而就，奔放自如。所有的考对都完了，殿前台阶上的太阳还没有西斜呢。“纵横”、“三千字”、“日未斜”，用夸张的修辞，突出了应试者的才华横溢，机敏出众。该诗通过对天子和人才的赞扬，从侧面对皇家进行了歌功颂德。

咏华清宫

宋·杜 常

行尽江南数十程，晓风残月入华清。①

朝元阁上西风急，都入长杨作雨声。②

注释

①**数十程**：数十个驿站的路程。 ②**朝元阁**：唐朝宫殿，在华清宫内。**长杨**：秦汉离宫，在今陕西省周至县东南。宫中种白杨树数亩，故名。

导读

通过描绘华清宫凄清的景色，抒发了作者对历代王朝的感慨。华清宫是唐玄宗开元十一年（公元 723 年）修建的行宫，玄宗和杨贵妃曾在那里寻欢作乐。后代有许多诗人写过以华清宫为题的咏史诗，而杜常的这首绝句尤为精妙绝伦，脍炙人口。

首句“行尽江南数十程”说明作者经过长途跋涉，越过数十个驿站的路程才“晓风残月入华清”，也就是披星戴月冒着冷风来到华清宫。后两句“朝元阁上西风急，都入长杨作雨声”是写华清宫的凄凉景象，通过对景物的描写来抒发自己对历史的感叹。

打 球 图①

宋·晁说之

阊阖千门万户开，三郎沉醉打球回。②

九龄已老韩休死，无复明朝谏疏来。③

注释

①**打球图**：一幅描绘唐玄宗打马球的图画。 ②**阊阖**：皇宫的正门。**三郎**：唐玄宗李隆基的小名。 ③**九龄**：张九龄。他与韩休都是唐玄宗时的宰相。**无复**：不再有。**谏**：规劝。**疏**：给皇帝的奏议。

导读

这是一首政治讽刺诗，据说是观看了《唐明皇打球图》之后而作，讽刺的锋芒直接指向封建最高统治者。“球”又称“鞠”，是古时的一种玩具，用皮革制成，中间用毛填实，相当于今天的足球。唐玄宗早年有姚崇、宋璟、韩休、张九龄等贤相的辅佐，政治上尚能积极进取，有所作为。晚年却沉溺于声色之中，宠幸奸相李林甫、杨国忠以及杨贵妃这般人，导致了“安史之乱”，使国家陷入了战乱的深渊。诗的前两句刻画唐玄宗骄逸无度的生活和酒酣兴尽的醉态，十分逼真。诗人直呼皇帝的小名，批评更是尖锐无情。后两句慨叹小人当道，贤才凋零，流露出深沉的惋惜。诗人不是单纯地在写历史的挽歌，而是针对腐败的宋王朝的现实，有所为而发的。诗人意在借古讽今，劝谏统治者近贤臣，远小人，不要重蹈前朝覆辙。

清平调（其一）[①]

唐·李　白

云想衣裳花想容，春风拂槛露华浓。[②]

若非群玉山头见，会向瑶台月下逢。[③]

注释

①**清平调**：乐府题名。 ②**“云想”句**：这里是以云比喻杨贵妃衣服的华贵，以花比喻她容貌的娇美。 ③**群玉山**：西王母所居之地，此指仙山。**瑶台**：指仙宫，仙女所居之地。

导读

此诗是诗人李白在长安任翰林供奉时所作《清平调》三首中的第一首。一日，玄宗和杨贵妃在宫中观牡丹花，因命李白写新乐章，李白奉诏而作。诗的第一句把杨贵妃的衣服，写得如霓裳羽衣一般，簇拥着她丰满的玉容，“想”字有正反两面的理解，可以说是看到了轻轻飘浮的云彩，就想起了她的衣裳，也可以说是看到美丽的花朵，就想起了她的容颜。诗的主题是颂扬杨贵妃的美貌，用的是虚写的手法，把牡丹和美人交织起来写，通过比喻和烘托着力表现人物。彩云名花，勾勒出她的姿容；牡丹含露，渲染出她的娇艳；瑶台仙境，衬托出她的高贵。

全篇咏物，实则写人；写人又以自然物为比喻，如此浑然一体，只有李白这样的大手笔，才能做得这般得心应手。

题邸间壁[1]

宋·郑 会

酴醾香梦怯春寒，翠掩重门燕子闲。[2]

敲断玉钗红烛冷，计程应说到常山。[3]

诗人雅称

诗狂：贺知章，秉性放达，自号“四明狂客”。因其诗豪放旷达，人称“诗狂”。

诗佛：王维，其诗歌中含有佛教意味，也是对他诗坛崇高地位的肯定。

诗仙：李白，其诗想象丰富奇特，风格雄浑奔放，色彩绚丽，语言清新自然，被誉为“诗仙”。

诗圣：杜甫，其诗紧密结合时事，思想深厚，境界广阔，人称为“诗圣”。

诗魔：白居易，其写诗非常刻苦，人称“诗魔”。

诗鬼：李贺，其诗善于熔铸词采，驰骋想象，运用神话传说创造出璀璨多彩的鲜明形象，故称其为“诗鬼”。

诗神：苏轼，其诗挥洒自如，清新刚健，一帜独树，人称“诗神”。

注释

①**题**：题诗。**邸**：旅舍。**壁**：墙壁。 ②**酴醾**：花名，属蔷薇科。**怯**：怕。**翠**：门上漆的绿色。**掩**：关上。**重门**：一层层的门户。**闲**：闲静。 ③**玉钗**：烛花，因形状像头上戴的玉钗，故名。**红烛冷**：指蜡烛的火花越来越微弱。**计程**：计算旅程。**常山**：地名，在浙江省境内。

导读

这是一首旅途思乡之作，诗人并不直接写自己对妻子的思念，而是换位思考，想象妻子如何思念自己，这种旁敲侧击的写法收到了事半功倍的效果。诗人旅游至常山时，写了这首怀念家人的诗，题在旅舍的墙壁上。首句点明了春末夏初的时令，次句用“翠掩”，既写出了具有鲜明特征的季节景色，又传递出家中思妇的孤独之情。三、四句即景入情，描写妻子深夜醒来，在幽暗的烛光下，屈指计算行程的情景，真实而感人。

绝　句[①]

唐·杜　甫

两个黄鹂鸣翠柳，一行白鹭上青天。[②]
窗含西岭千秋雪，门泊东吴万里船。[③]

注释

①**绝句**：近体诗的一种体裁，分为五绝和七绝，每首四句。这里用“绝句”作题目，相当于“无题”之意。 ②**两个**：成对的。**黄鹂**：黄莺。**翠柳**：绿色的杨柳。**一行**：成行的。**白鹭**：鹭鸶，捕鱼的水鸟，羽毛洁白。 ③**西岭**：指四川岷山，在成都西面。**千秋雪**：终年的积雪。千秋，表示时间的久远。**泊**：船只停靠岸边。**东吴**：泛指江、浙一带。

导读

这是诗人在成都浣花溪畔的草堂居住时，写的一首景物诗，描写了草堂门前浣花溪边的春景。短短四行，把山水、天空及富有春天特色的动植物囊括在诗中。四句诗容量很大，一、三两句是近景，二、四两句是远景；头两句不仅色彩鲜明，而且具有一种动态美，后两句描绘的是屹立的景物，展现了一幅壮阔的景象。全篇二十八个字，字字对仗工整，有数字相对，如两个对一行，有色彩相对如黄鹂对白鹭，有景物相对，如翠柳对青天，有动作相对，如鸣对上，还有时间空间相对，如西岭对东吴，千秋对万里等。诗的语言十分精练，而又朴素自然。这首诗每句一景，是四幅独立的图景，其中动景、静景、近景、远景交错映现，构成了一幅绚丽多姿的画卷。虽然都是写景，但均蕴有丰富的感情。诗写于杜甫于安史之乱后回家时，生活初步安定，因此他的心情比较愉快，在诗中便将景与心境融成一片，表现一种怡然欢快的氛围。

海　　棠

宋·苏　轼

东风袅袅泛崇光，香雾空濛月转廊。①
只恐夜深花睡去，故烧高烛照红妆。②

注释

①**袅袅**：形容风的和缓轻柔。**泛**：透出。**崇**：隆盛，华美。**光**：光泽。**香雾**：飘散着花香的夜雾。**空濛**：物态在水光雾气下的迷迷茫茫的样子。　②**“只恐”句**：唐玄宗曾将杨贵妃睡意蒙眬的神态比作“海棠睡未足”，这里借用这个故事形容海棠在月光下的闭合姿态。**故**：所以。**高烛**：指插红烛的高大的烛台。**红妆**：古代年轻妇女的妆饰，亦指女性，这里借指海棠。

导读

这首诗写诗人的惜花爱花之情，感情深切真挚。诗的头两句，描绘海棠所生长的富丽环境，表明海棠的珍贵。后两句写深夜也点燃蜡烛去欣赏海棠花，诗人爱花、爱美之情极为深切，这样做也够浪漫了。描写精致，用海棠比拟美人，更为生动。“只恐夜深花睡去”化用杨贵妃的典故，唐明皇以人喻花，诗人在此以花喻人，由海棠的幽居独处联想到自己横遭贬谪的落寞命运，人与花相互映衬，水乳交融。末句构思之巧妙，使诗情画意达到了极致，诗篇也因此成为千古绝唱。

清　明[①]

唐·杜　牧

清明时节雨纷纷，路上行人欲断魂。[②]
借问酒家何处有？牧童遥指杏花村。[③]

注释

①**清明**：节气名，在公历每年4月4日或5日。　②**行人**：这里指行旅在外的人。**欲**：几乎要，简直要。**断魂**：比喻感伤愁苦之深。③**借问**：请问。**酒家**：酒店。**杏花村**：杏花深处的村庄，后人遂以它来命名以产酒著名的地方。

杏花村

这首晚唐著名诗人杜牧特写的七绝《清明》，脍炙人口，历来受人称道。但诗中的“杏花村”却众说纷纭，有的说在山西的汾阳，有的说在安徽的池州贵池。其实，这“杏花村”却是在齐安（今湖北黄州）的麻城县古镇歧亭之旁。

导读

清明这个节日，本来就容易勾起出门在外的人思归之念，而春雨绵绵，更增添旅途的愁苦和艰辛。诗中的“行人”却在细雨纷飞的时候，独自行走在他乡的旅途上，此情此景使诗人心中备感孤苦、凄凉，因而自然想到要借酒消愁。结尾以牧童指路结束全篇，给行旅之人带来了安慰和希望，显得含蓄不尽，余味无穷。这首诗对旅途情景的描绘，旅人情怀的抒发，十分真实自然，语言也通俗流畅，音节和谐，景象新鲜生动，易懂易记，因而成为家喻户晓的名篇。由于这首诗的广泛流传，“杏花村”自此成为酒家的雅号。

清　明

宋・王禹偁

无花无酒过清明，兴味萧然似野僧。①
昨日邻家乞新火，晓窗分与读书灯。②

注释

①**兴味**：兴致。**萧然**：寂寞冷落。**野僧**：山野寺庙里的和尚。②**乞**：求讨。**新火**：古代风俗，清明前两天，为寒食节，前后禁火三天，吃冷食，也不点灯。三天后重新生火，称为新火。**晓窗**：清晨的窗前。

导读

这首诗写的是一个贫苦知识分子寂寞清贫的生活。同样的节日，不同的人有不同的过法。清明和寒食一样，可以是结伴游宴的大好机会，达官贵人尤其利用这一时机大大地消费一番，而在穷书生王禹偁这里，却仍然是天不亮就起来读书，而这读书灯的火种还要从邻居那里乞讨而来。世俗生活的乐趣在他这里几乎一点也没有，没有花，没有酒，只有“君子固穷。”贫困剥夺了他插柳赏花，踏青饮酒的欢乐，使他在节日里兴味索然，清苦得像荒山野寺的和尚，只好点灯读书来消磨这大好春光。这种生活，虽然贫穷困窘，却又显得高雅。这首诗在选材上独具一格，风格也比较质朴。本诗用白描手法再现了古代清贫知识分子的困顿生活，给人凄凉、清苦之感。寥寥数语，于小处见大，自然揭露出社会生活真实的一面。

社　　日[①]

唐·王　驾

鹅湖山下稻粱肥，豚栅鸡栖对掩扉。[②]

桑柘影斜春社散，家家扶得醉人归。[③]

注释

①**社日**：古代祭祀土地神的日子，春秋两祭，称为春社和秋社。②**鹅湖**：山名，在江西省铅山县。**粱**：粟米的优良品种。**豚栅**：养小猪的猪圈。**鸡栖**：鸡舍。**扉**：门。　③**桑柘**：桑树和柘树，叶子均可养蚕。**影斜**：树影倾斜，太阳偏西。**春社散**：春社的聚宴已经散了。

导读

春社一般在立春后的第五个戊日进行，这是一幅农村春社图，充满了淳朴而欢愉的情味。首句说田里庄稼长得好，丰收在望；村外风光如此迷人，村内则是一片富庶的景象，衬托出节日的喜庆气氛。透过次句的“半掩扉”可见出，村民都不在家，村庄的环境平静安宁。第三句的“桑柘影斜”告诉读者，现已到了夕阳西下的黄昏时候。“家家扶得醉人归”表明春社已散，并透露村民们曾欢乐地宴饮，诗人没有写社日的热闹与欢乐的场面，而选取高潮之后渐归宁静的这样一个尾声来表现它，余韵无穷。只从侧面着笔，省掉了笔墨，却取得了含蓄的艺术效果。在以社日为题材的作品中，这首诗是知名度最高的作品之一。

寒　　食①

唐·韩　翃

春城无处不飞花，寒食东风御柳斜。②

日暮汉宫传蜡烛，轻烟散入五侯家。③

注释

①**寒食**：节令名，清明前两天不举火，只吃冷食，因而称为“寒食节”。　②**春城**：春光明媚的京城。　③**传蜡烛**：《西京杂记》载：“寒食禁火日，赐侯家蜡烛。”传，传送。　**五侯**：这里指宦官。

导读

在唐代的诗歌中，以寒食节为题材的作品很多，也不乏有特色的好诗，但从立意高，含蓄又有情韵来看，韩翃这一首最为突出。开篇即写京城长安的春色，以“无处不飞花”来表现长安城暮春的景象。第二句不仅点题，而且为了紧扣寒食节和诗的主旨，突出御柳，同时以“东风”上挂“飞花”，下连“柳斜”，表现了春风和畅、垂柳飘动的景象。艺术构思精妙，描写细密。第三、四句表面上是写寒食节皇帝赐火，实际上是讽刺当权者。韩翃的这首诗，似颂实讽，明扬暗抑，讽刺了封建皇帝对上层贵族及近臣的偏宠，揭露了封建社会上层贵族享有的种种特权。

江　南　春①

唐·杜　牧

千里莺啼绿映红，水村山郭酒旗风。②

南朝四百八十寺，多少楼台烟雨中。③

注释

①**江南**：指长江以南广大地区。 ②**啼**：鸣叫。**绿映红**：花草树木，红绿相衬。映，衬托。**水村**：水乡。**山郭**：山城。郭，外城墙，这里指城镇。**酒旗**：酒店的招牌，像旗子。**风**：春风。 ③**南朝**：指公元420年至589年，即魏晋以后，隋唐以前，在我国南方先后建立的宋、齐、梁、陈四个朝代。**四百八十寺**：南朝佛教盛行，梁代尤甚，当时仅都城建康兴建的佛寺，就有五百多所。这里是一个大概的数字。**楼台**：寺庙的楼台亭阁。**烟雨**：烟雾般的蒙蒙细雨。

导读

这是一首久负盛名的写景抒情诗。诗篇着眼于整个江南特有的景色，所以一开头就高瞻远瞩，以"千里莺啼绿映红"这样一个远镜头，概括了江南的春天，风光无限。一气呵成，明快流畅。一、二句是写晴天，三、四句写的是雨天，高度概括了江南时而明丽时而迷蒙的春景。同时，从时间上来说，诗人也不只是着眼于眼前的景物，而是透过它们，缅怀那已成历史陈迹的偏安王朝，寄托了自己的兴亡之感，反映出诗人对中唐以后朝廷苟安，国势日衰的无限慨叹，这终究不过像南朝一样春梦一场而已。

上高侍郎[1]

唐·高　蟾

天上碧桃和露种，日边红杏倚云栽。[2]
芙蓉生在秋江上，不向东风怨未开。[3]

注释

①**上**：呈上。**高侍郎**：侍郎，官名，为朝廷各部的副长官。②**碧桃**：神话传说中的蟠桃。**和**：带。**日边**：太阳旁边。这里用来比喻朝廷。**倚**：靠。 ③**芙蓉**：荷花的别名。**秋江**：清冷的江上。**向**：对着。**未开**：未开花。

导读

这是作者科举不中后写的一首借物言志的诗。诗里以天上的桃杏比喻科举得意的人，以江上的荷花比喻自己的不得志。看起来作者似乎把那些飞黄腾达的人恭维到了天上，自己则甘居寂寞；然而，桃杏轻薄的品格同荷花高尚的节操自然而然地构成了鲜明的对比。

这首咏物诗写的是几种自然物的花，所指却是自己的遭遇，以及这种遭遇下的态度。笔墨间落落大方，所以说是咏物诗中的佳品。诗歌写得蕴藉风流，尤其是“日边红杏倚云栽”成为不断传诵的佳句。这样一层意思完全出之比兴，显得很委婉，而且似乎“无躁进之心”，可读性非常之好。至于高蟾本人是否并不“躁进”，可以不管，因为这并不妨碍这是一首好诗。

绝　句

宋·僧志南

古木阴中系短篷，杖藜扶我过桥东。①
沾衣欲湿杏花雨，吹面不寒杨柳风。②

注释

①**古木**：年代久远的树。**阴**：树阴。**短篷**：有篷的小船。**杖**：拄着。**藜**：草名。茎非常坚硬，长老了可做拐杖，称藜杖。　②**杏花雨**：指清明时节杏花开时降的雨。**吹面**：吹到脸上。**杨柳风**：比喻柔和的春风。

杏花雨

意指季节雨，在杏花开放时下的雨，特指春雨。杏花盛开时节，细雨蒙蒙，衣衫渐沾渐湿，杂着杏花的芬芳；杨柳吐青，天气转暖，春风拂面，醉人宜人，伴着杨柳的清香。剪剪轻风细细雨，悠然徜徉在春色里，何等惬意。雨，冠以杏花；风，冠以杨柳。雨，是杏花浸湿过的雨，似乎更纯净；风，是杨柳筛滤过的风，似乎更清爽。杏花雨，杨柳风，把风雨花木糅在了一起，使春意的色彩渲染得更加浓重。

导读

这首诗写了诗人冒雨游春的情景。春光明媚，勾起了出家人的游兴。这首诗表现了诗人走出庙宇，来到田野，观赏春光的喜悦心情：驾着小篷船出游，船在古树下停泊，拄着藜杖桥东漫步，虽是平铺直叙，但古木阴中停泊着小船，画面很雅致，很古朴，颇如一帧中国古代的文人画。后两句则进一步写出雨中春景带给诗人良好感觉，尽管刮风下雨，诗人却因为细雨沾襟，轻风拂面而备感舒适，充分展现了诗人内心的闲适与悠然，是传诵千古的名句。

游园不值①

宋·叶绍翁

应怜屐齿印苍苔，小扣柴扉久不开。②

春色满园关不住，一枝红杏出墙来。

注释

①不值：没有会到主人。值，遇到。 ②应：大概。怜：爱惜。屐齿：鞋底的木齿。屐，木头底的鞋子。苍苔：地上的青苔。扣：敲。柴扉：指用木柴编的门。

导读

这首诗写诗人春日访友未遇而观花所得，写得形象生动而富有哲理。因为他看到“一枝红杏出墙来”，凭这可想象到园中的热烈春色。

这首诗能触发人们的联想。前两句交代作者访友不遇，园门紧闭，于是想象是主人有意拒客，这样就给下面的诗句作了铺垫。虽然主人不开园门，似乎要把春色关在园内独赏，但“春色”一旦“满园”就“关不住”，“红杏”就要“出墙”向人们展现春光，这种现象使人联想到，一切美好的、生机勃勃的事物是什么力量也压制不住的道理。诗人抓住最鲜明的特点来表现春光，而且在景物的描绘中含寓着哲理，所以历来受到人们的喜爱。

客中行[①]

唐·李　白

兰陵美酒郁金香，玉碗盛来琥珀光。[②]
但使主人能醉客，不知何处是他乡。[③]

注释

①**客中**：旅居在外。　②**兰陵**：地名，在今山东省枣庄市。**郁金香**：香草名。这里指用郁金香配制的美酒。**玉碗**：玉做的碗。**盛**：装。**琥珀**：原为树脂的化石，黄褐色，透明，可制香料及装饰品。这句是

兰陵美酒

兰陵，是我国古代的名邑。据传由楚大夫屈原命名，有“圣地”之意，“兰”为圣王之香，“陵”为高地。春秋时，鲁国在此设次室邑，战国时，楚国始设立，后荀子曾两任兰陵令。

兰陵自古以来酿酒业发达，以兰陵美酒而著称，酿制历史可上溯到春秋时代，距今有两千多年。1995 年，徐州汉墓出土了两坛印有“兰陵承印”的陶质器皿装有兰陵酒，酒香依旧。诗仙李白为兰陵美酒留下了“兰陵美酒郁金香，玉碗盛来琥珀光。但使主人能醉客，不知何处是他乡”的千古美誉，使兰陵美酒香冠天下，名扬古今，定格了兰陵古城特有的酒文化。1915 年，在美国旧金山召开的“巴拿马万国博览会”上，兰陵美酒荣获金质奖章，更使这一传统名酒名扬海外，跻身于国家名酒之列。随着酿造技术的不断进步，至今兰陵美酒系列产品以其品牌化、产业化优势，不断占领国内外市场，在整个地区经济发展中占有非常重要的地位。

说，玉碗盛酒，呈现出琥珀色的光泽。 ③**但**：只要。**醉客**：使客人尽兴畅饮。客指李白自己。**他乡**：异乡。

导读

这首诗一反消极颓废的情绪，体现出一种乐观、豁达的精神。读了这首诗，好像看到诗人举杯痛饮的神态，充分反映了他的豪迈奔放的性格特点。全诗淋漓酣畅，直泻千里，一扫游子诗中常见的那种旅思乡愁。“不知何处是他乡”，切合诗人奔放的感情与豪迈的精神，也可视作是有意作旷达语，实际上他仍然思念着故乡，因为欲归不得，所以强作宽解，借酒遣怀，更加表现出心中的深重。

题　　屏[①]

宋·刘季孙

呢喃燕子语梁间，底事来惊梦里闲。[②]
说与旁人浑不解，杖藜携酒看芝山。[③]

注释

①**题屏**：题诗在屏风上。 ②**呢喃**：燕子低低的鸣叫声。**语**：说话。**梁间**：屋梁上。**底事**：何事。**梦里闲**：悠闲的梦境。 ③**浑**：完全。**不解**：不了解。**杖藜**：拄着手杖。**芝山**：在今江西省鄱阳县北，作者当时在那里做官。

导读

这首诗是古代知识分子孤高自傲、寄情山水的真实写照。古人认为“仁者乐山，智者乐水”，把山水的世俗人格对象化。诗人不被世人所理解，只好到山水中寻找欣慰，得到心灵的抚慰。诗人借此表达了自己热爱山水，追求闲适生活的情怀。

绝句漫兴[1]

唐·杜　甫

肠断春江欲尽头，杖藜徐步立芳洲。[2]
颠狂柳絮随风舞，轻薄桃花逐水流。[3]

注释

①**漫兴**：随兴所至，信笔写来。　②**春江**：春天的江水。**欲尽头**：快到尽头的地方。**徐步**：缓行。**芳洲**：长满花草的水中陆地。　③**颠狂**：放荡。**逐**：追逐。

导读

“漫兴”就是随兴所至、信笔拈来的意思。这是诗人在暮春时节漫步江边所作的抒情写景诗。柳絮随风飞舞，落花逐水漂流，这是暮春的特有景色，但却勾起了诗人的无限感伤。在诗人笔下，柳絮和桃花人格化了，像一群势利的小人，它们对春天的流逝，丝毫无动于衷，只知道乘风乱舞，随波逐流。这正是诗人痛苦的原因。这里面，寄托了诗人对黑暗现实的深刻不满，和政治理想不能实现的苦闷。后来桃花柳絮也就成了一般势利小人的代名词。

庆全庵桃花

宋·谢枋得

寻得桃源好避秦，桃红又是一年春。[1]
花飞莫遣随流水，怕有渔郎来问津。[2]

注释

①**桃源**：即陶渊明《桃花源记》中的桃花源，这里指庆全庵。

②遣：使。问津：问路。津，渡口。

导读

作者没有直接描绘庵中桃花盛开的景色，而是借景抒情，把这所幽静的小庙，比作逃避秦王朝暴政的世外桃源，希望在这里隐居避难，从此不与世人交往。作者身处乱世，眼见山河破碎、国土沦丧，忧心如焚，这首诗字里行间，流露了作者的这种忧愤心情。但诗人也是天真的，在家种植桃树，营构自己的“桃花源”，但这毕竟是一厢情愿的事，所以才有“花飞莫遣随流水，怕有渔郎来问津”这样的诗句。这里诗人告诫飞花，千万不要外流，以免引来问津的人。考虑到诗人生活在宋、元之间，那么他的意思恐怕就是：有一方净土十分难得，千万不要让外人知道，否则就难以“避元时乱”了。诗篇构思精巧，由桃花飘落联想到渔人问津，折射出诗人身处乱世，渴求安定生活的愿望。

玄都观桃花①

唐·刘禹锡

紫陌红尘拂面来，无人不道看花回。②
玄都观里桃千树，尽是刘郎去后栽。③

注释

①**玄都**：观名，在唐代京城长安。**观**：道教庙宇。 ②**紫陌**：指京城长安的街道。**红尘**：大路上扬起的尘埃。**拂面**：扑面。**“无人”句**：街上这样热闹，人人都说是从玄都观看花回来。 ③**桃千树**：千株桃树。**刘郎**：指诗人自己。

导读

诗人于唐宪宗元和元年，因二王革新失败贬官为朗州司马，十年后，召回京都。他听说玄都观有道士种的仙桃，满城的人都去观看，遂借题发挥，写下了这首政治讽刺诗。本诗明写桃花，实质却是讽刺当朝权贵。诗里把玄都观的千株桃树比作朝廷中的新贵，开头两句便暗示这般新贵声势显赫，满朝趋奉的情景；后两句由物及人，联想到自己离京前后的境遇。诗人将千树桃花比作显赫一时的新贵，而看花人则是那些趋炎附势之徒。诗人辛辣地抨击了他们为了富贵利禄，奔走权门，就如同在紫陌红尘之中赶热闹去看桃花一样。

再游玄都观

唐·刘禹锡

百亩庭中半是苔，桃花净尽菜花开。①

种桃道士归何处？前度刘郎今又来。②

注释

①**百亩庭中**：指玄都观百亩大的庭园。**苔**：青苔。**净尽**：全部光了。净，空无所有。尽，完。 ②**种桃道士**：指观内那个自称是种仙桃的道士。**前度**：前次。

导读

这首诗是前一首的续篇。唐宪宗元和十年，诗人因写《玄都观桃花》一诗，被贬到更偏远的连州（今广东连县）作刺史。但他并没有屈服，十四年后，诗人重返长安，这期间唐朝换了四个皇帝，往昔那批被喻为“桃花”的新贵都已销声匿迹。诗人再游玄都观，回忆起旧事，又写下了这首诗。诗里以玄都观的盛衰，表明这场斗争最终以权贵们的失势和诗人的归来而结束，洋溢着胜利的喜悦和骄傲。诗篇表面上是写玄都观中桃花盛衰存亡，实际上是暗喻世事变幻、权贵失势，自己又看到了革新的希望。刘禹锡的这两首诗用的都是比拟，构成了一个独立而完整的意象。

因为写了不合时宜的文学作品而倒霉，在古代文学史上屡见不鲜，而只为一句诗就大触霉头的事情却是比较少见的。刘禹锡明明知道这样说话一定会得罪人，但他仍然照说。他做人的风格是这样的。政治上的见解以比兴出之，则表现了他强烈的诗人气质。

滁州西涧[1]

唐・韦应物

独怜幽草涧边生，上有黄鹂深树鸣。[2]

春潮带雨晚来急，野渡无人舟自横。[3]

注释

①滁州：今安徽省滁县。 ②独怜：特别喜爱。深树：树林的深处。 ③野渡：郊外的渡口。舟自横：因下雨无人渡水而舟自飘浮。

导读

这首七言绝句是韦应物于唐德宗贞元元年（公元 785 年），罢滁州刺史后闲居滁州西涧时所作。诗人紧紧围绕西涧暮春景物来描绘，突出傍晚雨后荒郊野渡的寂静，反映出他独特的审美价值和宁静、闲适的心理追求。任它“春潮带雨晚来急”，我独“野渡无人舟自横”，有此心胸，有此追求，自可获得一份潇洒、一份宁静，免为世事纷争之烦扰。三四句写雨中所见所闻，景物历历在目。在艺术表现上是以“急雨”、“春潮”来显示静中有动，又以“无人”而“舟自横”使动归于静，很有独创性。

全诗有声有色，有动有静，形象鲜明，意境恬淡宁静，悠远有味，所以能千古传诵。

花　影

宋・苏　轼

重重叠叠上瑶台，几度呼童扫不开。[1]

刚被太阳收拾去，却教明月送将来。[2]

注释

①**重重叠叠**：形容地上的花影一层又一层，很浓厚。**瑶台**：华贵的亭台。**几度**：几次。**童**：男仆。**扫不开**：扫不去。 ②**收拾去**：指日落时花影消失，好像被太阳收拾走了。**教**：让。**送将来**：指花影重新在月光下出现，好像是月亮送来的。将，语气助词，用于动词之后。

导读

花影本来很美，为什么诗人这样厌恶它呢？原来诗人是用讽喻的手法，将重重叠叠的花影比作朝廷中盘踞高位的小人，正直的朝臣无论怎样努力，也把他们清除不掉，去了一批，又上来一批。诗篇反映了诗人嫉恶如仇的态度，而又流露出一种无可奈何的情绪。诗人借此批评北宋政坛弊病已多，积重难返。三、四句的一“收”一“送”使人应接不暇，这再次说明了当朝政府的腐败无能。全诗构思巧妙含蓄，比喻新颖贴切，语言也通俗易懂。

北 山[①]

宋·王安石

北山输绿涨横陂，直堑回塘滟滟时。[②]
细数落花因坐久，缓寻芳草得归迟。

注释

①**北山**：钟山，即紫金山，位于今南京市中山门外。 ②**输绿**：北山呈现出了翠绿的颜色。输，送。**横陂**：可能是较大的水塘名，疑在南京附近。陂，池。**直堑**：溜直的沟渠。堑，沟渠。**回塘**：迂回的池塘。**滟滟**：水光摇荡。

导读

王安石晚年隐居北山。本诗描写诗人去北山郊游踏青所欣赏到的美丽景致。这首赞美春天的诗，不仅从正面描绘了自然界旖旎的春光，而且通过诗人和春草、春花相与交融的乐趣，进一步烘托出了春天的美好，同时也表现了诗人寄情山水的闲适心情。这首诗造语用字，也极精工。如“细数”“缓寻”一联，在绝句中并不需要对仗，但它却对得那么自然、亲切，使人感觉文笔清新，诗味浓郁，充分体现了诗人遣词造句的深厚功底。

湖　　上①

宋·徐元杰

花开红树乱莺啼，草长平湖白鹭飞。②

风日晴和人意好，夕阳箫鼓几船归。③

注释

①**湖上**：这里是指在杭州西湖上。　②**红树**：开满红花的树。**乱莺啼**：到处是黄莺鸣叫。**长**：生长起来。　③**人意**：游人的心情。**箫**：管乐器。**鼓**：打击乐器。**几船归**：许多船归去。

导读

这是一首春游西湖的诗。开头两句着力写出了湖上的风光，乱莺红树，白鹭青草，相映成趣，生意盎然，描写了一幅美妙的图景。在风和日丽的艳阳天里，人们欣赏湖上风光，心情该是多么舒畅；趁着夕阳余晖，伴着阵阵的鼓声箫韵，人们划着一只只船儿尽兴而归，这气氛又是多么热烈。全诗语言清新流利，景物绚烂多姿，用音响和色彩绘出了一幅欢乐的湖上春游图。诗人并没有直接描写游人乐春的热闹场景，而是从人们尽兴而归的角度着眼，留给读者充分的想象空间，产生了更好的艺术效果。

漫　兴

唐·杜　甫

糁径杨花铺白毡，点溪荷叶叠青钱。①

笋根稚子无人见，沙上凫雏傍母眠。②

注释

①**糁**：掺杂。**径**：小路。**毡**：用兽毛做成的片状物叫毡，这里是将散落在小路上的片片杨花形容为铺开的毡。**点**：点缀。**青钱**：旧时使用的青铜钱，外圆内方。这里用来形容荷叶初生像青钱那样。这句连同上句是说，散落在小路上的杨花，像铺开的片片白毡；点缀在溪上的初生荷叶，像青钱似的一个叠着一个。　②**稚子**：指刚冒出泥土的嫩笋。**凫雏**：孵出不久的小水鸭。

导读

这组诗写于唐肃宗上元二年（公元761年）。这时诗人从颠沛流离之中，来到成都，定居草堂，生活比较安定。正是在这种情况下，诗人写了这组诗。以这首诗而论，诗人似乎漫不经心，仅就眼前所见景物，信手拈来，借以抒发自己漫步郊野的闲适心情。其实，这是选择了最能体现暮春风光的景物，用拟人化的手法，把诗人内心的喜悦，极亲切地反映了出来。这四句话，一句一景，每句诗是一幅独立的画面，联系在一起就构成了初夏郊野的自然景观。全诗写得细腻逼真，语言通俗生动，充满浓厚的生活情趣。这首绝句很像一首七律的中间两联一样对仗精工。一句一景，均可形成画面，合在一起，有似一组镜头。

春晴

唐·王驾

雨前初见花间蕊，雨后全无叶底花。[①]

蜂蝶纷纷过墙去，却疑春色在邻家。

注释

①初见：刚才还见到。

导读

这首诗着重描写暮春时节雨前雨后的春花景色。诗中摄取的景物很简单，也很平常，但平中见奇，饶有诗趣。

诗的前两句扣住象征春色的"花"字，以"雨前"所见和"雨后"情景相对比、映衬，吐露出一片惜春之情。第三句笔锋一转，把季节的自然流转交给蜂蝶来诠释，用"纷纷过墙去"的连续动作把静态的诗也写活了。末句可谓神来之笔，造语奇峰突起，令人顿时耳目一新。这一句乃是全篇的精髓，起了点铁成金的作用，经它点化，小园、蜂蝶、春色，一齐焕发出异样神采，妙趣横生。

春暮

宋·曹豳

门外无人问落花，绿阴冉冉遍天涯。[①]

林莺啼到无声处，青草池塘处处蛙。[②]

注释

①冉冉：形容绿色植物在阳光下闪闪发亮的样子。②莺：黄莺。无声处：是指林间春莺已老，啼声将歇。

导读

这是一首描写暮春景物的诗。全诗用了两组对比图画：红花落而绿叶长，莺啼止而蛙声鸣，既具有鲜明的季节特征，又传递出强烈的生命消长意识。

景象是暮春还是初夏，当然无关紧要。这首诗所蕴含的，是一种春天花事消歇后的感慨，在孤寂中，一种因时序更替引起的淡淡哀愁。这是此诗最值得一读的地方。整首诗色彩深浓，动静交错，风格朴实无华。

落　花

宋·朱淑贞

连理枝头花正开，妒花风雨便相催。①
愿教青帝常为主，莫遣纷纷落翠苔。②

注释

①**连理枝**：两株树不同根而枝干交结在一起，它常用来比喻美好的爱情。**妒**：嫉妒。**催**：催促，催迫。　②**青帝**：掌管春天的神。**常为主**：长久的做主。**遣**：遣使。**落翠苔**：指花落到地面了。翠苔，苔藓。因苔藓是绿色，所以叫翠苔。

导读

这不是一般的惜花伤春的诗。

诗表面上是抒写怜惜落花的感情，实际上是抒写对美好幸福的婚姻生活的渴望与追求。后两句说，希望春神做主，不要让花瓣纷纷飘落青苔上，言下之意是祈求上天帮助有情人成为眷属。这位女诗人富

连理枝

连理枝是指两棵树的枝干合生在一起。北京故宫御花园里钦安殿、浮碧亭的旁边都有这样合生的树。连理枝在自然界中是罕见的，诗文中常用来比喻美好的爱情，故又称相思树。白居易的《长恨歌》中有“在天愿作比翼鸟，在地愿为连理枝”之句。

有才思，但丈夫粗鄙，所以她大半生满怀痛苦抑郁。这首诗曲折地表现了她的内心世界。诗人是惜花，但是不写别的花，特意注目“连理枝头”的花，这份伤怀，又显然与诗人自己不幸的婚姻有着必然的联系，惜花正是伤己，因此此诗格外地苦闷、消沉。诗人虽然有许多哀叹与愤恨，但并没有走向绝望，而是提出了“愿教青帝常为主，莫遣纷纷落翠苔”的愿望，表达了诗人对美好生活的向往。

春暮游小园

宋·王　淇

一从梅粉褪残妆，涂抹新红上海棠。①
开到荼蘼花事了，丝丝天棘出莓墙。②

注释

①**一从**：自从。**梅**：梅花。**粉褪残妆**：指梅花零落，粉褪妆残了。**涂抹新红**：指海棠花开如刚刚涂抹了的那样新红艳丽。　②**荼蘼**：落叶灌木，高四五尺，夏初开白色重瓣花。**丝丝**：指酸枣树的丝丝叶片。**天棘**：酸枣树，落叶灌木。**出莓墙**：长出于莓墙之上了。莓，这里指墙上长的草莓。

导读

这首诗写诗人暮春游园时感受到的春夏之交的景物变换。这首诗用花开花落，表示时序推移，虽然一年的春事将阑，但不断有新的事物出现，大自然是不会寂寞的。全诗写得很有情趣，前两句，写一春花事，以女子搽粉抹胭脂作比，非常活泼，充满人间趣味。全诗用四种植物的花开花落和交相更替构成了色彩上的由浅入深，给人一种妙趣横生的感觉。

莺　梭[1]

宋·刘克庄

掷柳迁乔太有情，交交时作弄机声。[2]

洛阳三月花如锦，多少工夫织得成。

注释

①**莺梭**：黄莺像穿梭般飞鸣林间。　②**掷柳迁乔**：指黄莺飞鸣林间，时而从柳树上飞下，时而从乔木上飞下。掷，撇下。迁，迁移。**交交**：拟声词，形容黄莺啼叫的声音。**弄机声**：指黄莺啼叫的声音像是踏动织布机的声音。

导读

这是一首歌咏黄莺的诗。黄莺在林间如穿梭般的来往飞鸣，其叫声像是辛勤的织布机声。全诗展开了丰富的想象，把黄莺的动作比作织布梭子，把黄莺的鸣叫比作机杼声，生动地刻画出黄莺活灵活现的神态。设喻新奇，意境优美，表达了诗人对大自然造化的由衷赞叹和对春光的热爱。三、四句情景交融，既描绘了美丽迷人的春光景色，又抒发了诗人对点染春光的自然万物的感激之情。大胆的联想，新奇的构思，这是独出机杼之作。

暮春即事

宋·叶　采

双双瓦雀行书案，点点杨花入砚池。[1]

闲坐小窗读周易，不知春去几多时。[2]

注释

①**瓦雀**：在屋瓦上活动的鸟雀。**行书案**：指瓦雀的影子在书案上移动。**砚池**：砚台。 ②**周易**：即《易经》，儒家经典著作之一。

导读

这首诗是写封建时代读书人一心埋头书案，浸沉在儒家经典著作中的那种专注精神。一、二句表现书房的宁静，三、四句表明自己专心读书，因此，也不知道春天过去了许久，只是在瓦雀影动、杨花入砚的惊扰中，才晓得已是暮春时节。语言平易，景物生动贴切，开头两句对仗得也很自然，增强了喜悦的气氛。这首诗风格平易，刻画生动，给人一种舒心之感。诗人悠闲自得，全神贯注地研读《周易》，对窗外的春光漠不关心。

登　山

唐·李　涉

终日昏昏醉梦间，忽闻春尽强登山。[①]
因过竹院逢僧话，又得浮生半日闲。[②]

注释

①**醉梦**：如醉如梦。**强**：勉强。 ②**浮生**：旧时仕途失意的人，在无可奈何之中，认为人生在世，虚浮无定，所以叫浮生。这里是指诗人自己。

导读

这首诗是封建士大夫因不满现实而虚度人生的心理写照。这首诗从表面看来，诗人像是看破红尘，俨然以世外人自居了。其实，这是含牢骚于闲适之中，寓不满于醉梦之间。所谓“忽闻春尽强登山”，表明作者是摆脱事务，强打精神来观赏大自然春光的。诗不写山野的美景而只写与僧人交谈半天，享受到了乐趣，说明他已厌倦“醉梦”，向往清闲生活。末句抒发了诗人于无可奈何之中寻求到的一种心理慰藉——“闲”，只有避开尘世，遁入山林才是诗人的唯一出路，流露出诗人内心的苦闷。

蚕妇吟[①]

宋·谢枋得

子规啼彻四更时，起视蚕稠怕叶稀。[②]
不信楼头杨柳月，玉人歌舞未曾归。[③]

注释

①蚕妇：养蚕的妇女。 ②子规：杜鹃鸟。起：起床。稠：多，密。 ③杨柳月：指低挂柳梢上的月亮，表示夜已很深了。玉人：如花似玉的美人。

导读

这首诗通过养蚕妇女的辛劳和美女彻夜歌舞这两种不同的活动，给以鲜明对照。诗人采用由此及彼的写法，由眼前辛勤劳作的蚕妇联想到通宵未归的歌女，而写歌女意在讽刺那些荒淫无度、贪图享乐的达官贵人。虽然蚕妇和歌女的生活方式不同，但她们都是旧社会被压迫的妇女生活的写照。诗运用对比的手法，把蚕妇的辛勤劳动和达官贵人的享乐生活进行强烈的对照，表达了诗人对劳动者的同情和耽于淫乐者的不满。

晚　春

唐·韩　愈

草木知春不久归，百般红紫斗芳菲。[①]
杨花榆荚无才思，惟解漫天作雪飞。[②]

注释

①归：回去。指春来到人间，不久就要回去了。**百般红紫**：即万紫千红、色彩缤纷的春花。红紫，指花。**斗芳菲**：争芳斗艳。 ②**榆荚**：榆树上长的果实，外面有膜质的翅，叫榆荚，也叫榆钱。**惟解**：只会。

导读

这是一首写晚春景物的诗。这时，百花盛开，万紫千红，它们像是知道春天不久就要归去，所以特别珍惜这美好的时光，各逞姿色，争芳斗艳，尽情舒展生命的机能。而那些全无才思的杨花榆荚，在春风中纷纷飘落，只晓得如雪花那样，毫无目的地漫天飞舞。这里，似乎只是用拟人化的手法描绘了晚春的繁丽景色，其实，它还寄寓着人们应该乘时而进，抓紧时机去创造有价值的东西这一层意思。但这里值得一提的是，榆荚杨花虽缺乏草木的“才思”，但不因此藏拙，而为晚春增添一景，虽然不美，但尽了努力，这种精神是值得赞扬了。“草木”本是无情物，却在春光将尽之时争分夺秒地绽红吐绿，使得暮春景象一改以往的伤感，而是极富生机与活力，充满积极向上的精神。

伤　　春

宋·杨万里

准拟今春乐事浓，依然枉却一东风。①
年年不带看花眼，不是愁中即病中。

注释

①**准拟**：原以为，预料。**浓**：多。**枉却**：辜负。**东风**：春风。

导读

诗人不仅有感于春光流逝，更主要的是为自己而感慨。诗人非愁即病的生存境况虽令人伤感，但“准拟”二字却流露出一丝希望之光。

紧接着锋芒一转，“依然枉却”渗透着一股绝望的情绪。是愁还是病，诗人没有说。杨万里的诗风，通俗平易，活泼风趣，“不带看花眼”这类语句中，甚至还是一种浅浅的调侃，这就是“诚斋体”的风格特点。

这首诗以“不带看花眼”为伤春的要点，措辞新鲜、引人注目。诗人“年年不带看花眼”的原因是希望朝廷能早日收复失地，而南宋朝廷则苟且偷安，不思进取。故诗人忧心忡忡，根本无心赏花。

诗作构思新颖，用笔灵动，是诗人吟诗提倡“活法”的成功实践。

送　春

宋·王　令

三月残花落更开，小檐日日燕飞来。[①]

子规夜半犹啼血，不信东风唤不回。[②]

注释

①更：再，重。“小檐”句：在那低矮的屋檐下，燕子天天飞来筑巢了。檐，屋檐。　②子规：杜鹃鸟。暮春时节啼叫，声音极其悲凄。古人认为杜鹃啼叫最苦的时候，要泣血；其实那不是泣血，是杜鹃啼叫久了，鲜红的舌头伸出来了的缘故。

导读

诗人在送春之际流露出了浓浓的惜春之情。诗的首句用花事已了点明时间是暮春。第二句写整日忙着筑巢的燕子，即展现出初夏时节的勃勃生机，又无意间淡化了诗人的伤春之感 。后两句以拟人的手法来写杜鹃鸟，塑造了一个执著的形象，借此表现自己留恋春天的情怀，字里行间充满凄凉的美感。

三月晦日送春[①]

唐·贾 岛

三月正当三十日，风光别我苦吟身。[②]

共君今夜不须睡，未到晓钟犹是春。[③]

注释

①**晦日**：阴历每个月最后一天称为“晦日”。 ②**“三月”句**：春、夏、秋、冬是一年的四季，每季三个月。三月三十日，就表示春天这个季节快完了。**苦吟身**：诗人自称。 ③**共**：与，和。**君**：这里指春。**晓钟**：报晓的钟声。

导读

农历三月三十日是春季的最后一天，因此这一天是“风光”与诗人分别的日子。

这首诗极力抒写的是“苦吟”诗人不忍送春归去，但也无计可留，只有长坐不睡，与那即将逝去的春天共守残夜，哪怕是一刹那时光，也是值是珍惜的。语言明畅、自然，因此读起来会感到亲切自然。诗人因苦吟作诗而忽略了大好春光，只好抓住这最后的春夜与之做伴，以为只要晨钟未鸣就还是春天。诗人一改以往其诗作中的悲凉景象，用积极乐观的心态表达爱惜光阴之情。一般的风俗只有“守岁”，每年的除夕这一天一定要等到半夜十二点以后才睡，那是为了早早地迎来新的一年。诗人贾岛则以不睡来送春。这正是他苦吟的表现之一。苦苦地寻求生活中的诗意，并用与众不同的手法将它表现出来。

客中初夏

宋·司马光

四月清和雨乍晴，南山当户转分明。[①]

更无柳絮因风起，惟有葵花向日倾。

注释

①清和：天气清明而和暖，亦为阴历四月的别称。乍晴：刚晴。当户：正对着门户。

导读

前两句写雨后初晴的景色，后两句的景物描写是有寄托的。

这是一首政治讽喻诗。宋神宗熙宁二年，王安石在皇帝支持下实行变法，司马光竭力反对，因而被迫离开汴京，不久退居洛阳，直到哲宗即位才回京任职，这首诗是在洛阳时写的。第三句的含意是：我不是因风起舞的柳絮，意即决不在政治上投机取巧，随便附和；我的心就像葵花那样向着太阳，意即对皇帝忠贞不贰。诗人托物言志，笔法委婉含蓄。表明了诗人革除新法，恢复旧政的决心与得意之情。诗人将远景的南山与近景的葵花相参差，将虚景的柳絮与实景的葵花作对比，用笔灵活、形象鲜明。

有　约[①]

宋·赵师秀

黄梅时节家家雨，青草池塘处处蛙。[②]

有约不来过夜半，闲敲棋子落灯花。[③]

梅雨

梅雨，也叫黄梅天，是指我国长江中下游地区、日本中南部、韩国南部等地，每年6月中下旬至7月上半月之间持续天阴有雨的气候现象。由于梅雨发生的时段，正是江南梅子的成熟期，故我国称这种气候现象为“梅雨”，这段时间也被称为“梅雨季节”。梅雨季节里，空气湿度大，气温高，衣物等容易发霉，所以也有人把梅雨称为“霉雨”。梅雨季节过后，华中、华南等地的天气开始由太平洋副热带高压主导，正式进入炎热的夏季。

注释

①**有约**：邀约友人。 ②**家家雨**：极言黄梅时节雨水多，到处都是。 ③**夜半**：半夜。**灯花**：灯芯燃烧时结成的花状物。

导读

诗的一、二句用白描手法勾勒出一幅迷蒙而富有生机的初夏图景。雨声、蛙声，这是初夏雨夜特有的音响和气氛，而且在闲敲棋子伴着灯花坠落的孤独中，更加衬托出友人因雨阻隔未能践约。“闲敲”句通过细节描写很自然地表达诗人深夜寂寞和失望的情怀。语言明快，意境完整，颇有情致。用一“敲”一“落”把诗人的寂寞心情具化出来，精心刻画出诗人在雨夜孤灯待客的焦灼情景。全诗写得清新、细腻、耐人寻味。

初夏睡起

宋·杨万里

梅子留酸软齿牙，芭蕉分绿与窗纱。①

日长睡起无情思，闲看儿童捉柳花。

注释

①**梅子**：一种酸味果实。未熟时色青，称青梅，成熟时色黄，称黄梅。**芭蕉分绿**：芭蕉初长，一片绿色映照在纱窗上，这是写芭蕉的浓绿。

导读

这首诗写初夏景色，截取的是午睡醒来的画面，很富有情趣。

初夏日长，容易困倦，诗人卧起，却又感到情绪无聊，只有“闲看儿童捉柳花”，用以解闷释愁，这一句写得特别精彩，表现出诗人心情的恬淡宁静，又是那样富于情趣。“捉”字用得十分准确，不能用别的字代替，儿童的活泼身影又与诗人的倦态形成鲜明对比，使得二者相得益彰，各自神情都跃然纸上。看来诗人很愿意与儿童为友，正是这种不泯的童心，帮助他始终保持着活泼的心态，对生活充满了兴趣。杨万里写诗讲究胸襟透脱，在生活的细节中寻找乐趣。

三衢道中①

宋·曾 几

梅子黄时日日晴，小溪泛尽却山行。②

绿阴不减来时路，添得黄鹂四五声。③

注释

①三衢：山名，在今浙江省衢县。道中：路上。 ②小溪泛尽：泛舟溪水到了尽头。却山行：又改走山路。 ③不减：差不多。

导读

诗抒写了诗人在三衢山中旅行的观感。

“梅子黄时”本来经常下雨，如今却“日日晴”，这是老天爷特赐的好天气，因而诗人满怀欣喜，这种感情寄寓于字里行间。诗的第二句写诗人行完水路走山路，暗示出诗人游兴之高。末两句由情入景，“不减”、“添得”二词刻画出一幅有声有色的春季图景。本诗中两用“黄”字，并不避忌，各有专名，所以不嫌重复。

从全诗看，写的山行中的景色，轻倩和美，明快流丽。全诗逐渐推进，渐入佳境。诗人的高兴自不待言。

即　　景①

宋・朱淑贞

竹摇清影罩幽窗，两两时禽噪夕阳。②

谢却海棠飞尽絮，困人天气日初长。③

注释

①**即景**：就眼前所见景物抒发感情。　②**竹摇清影**：即竹影摇清。清，清幽的竹影。**罩幽窗**：指清幽的竹影笼罩在幽窗之上。**时禽**：应时飞鸣的禽鸟。**噪夕阳**：在夕阳中频繁地鸣噪。　③**谢却海棠**：海棠凋谢了。**飞尽絮**：纷飞的柳絮飘落尽了。这都表示着春天已尽而夏日将来。**困人**：使人感到困倦。**日初长**：夏季白天开始长了。

导读

"即景"就是眼前的景色，这是一首即景抒情诗，抒发了诗人郁郁寡欢的情怀。

"两两时禽噪夕阳"是说，成双成对的时禽在夕照中鸣叫。它们的成双成对反衬出诗人的孤独，因此诗人感到它们的鸣声聒耳讨厌，句中的"噪"字传达了这种情绪。后两句通过海棠花谢柳絮飞尽来写春天逝去，"困人"的夏日到来，从中可见出她郁郁寡欢，不知如何度日的心态。诗通过景物的描写来表现感情，手法娴熟。整首诗萦绕着一股淡淡的哀愁，感染着读者。

初夏游张园

宋・戴复古

乳鸭池塘水浅深，熟梅天气半晴阴。①

东园载酒西园醉，摘尽枇杷一树金。②

注释

①**乳鸭**：刚孵出不久的小鸭。**水浅深**：池塘的水或浅或深，小鸭嬉游水中。**熟梅**：梅子熟了的时候。**半晴阴**：一会儿晴一会儿阴。②**一树金**：指熟透的枇杷像金子一样垂挂树上。

导读

这是一首写初夏载酒游园的诗。这种事情，是封建时代文人常有的，他们在风日晴和时节，载酒遨游，酣醉而归，这固然是赏心乐事，但没有什么社会意义。江南梅雨天，阴晴变化很多很快，天气渐热，小鸭子迫不及待地下水去了，一片欢腾，描绘了初夏时节的风物特征；而人们忙于收获枇杷，亦兴高采烈。"东园载酒西园醉"一句表明诗人带酒出游，主客皆醉，大家一起庆祝丰收的境况刻画得淋漓尽致。诗的前两句描绘了初夏时节的风物特征。后两句由景及人，把文人酣畅游园的兴致刻画得淋漓尽致。

鄂州南楼书事[①]

宋·黄庭坚

四顾山光接水光，凭栏十里芰荷香。[②]
清风明月无人管，并作南来一味凉。[③]

注释

①**鄂州**：今湖北省武汉市长江以南地区。**南楼书事**：写于南楼的情事。 ②**四顾**：四面观望。**山光、水光**：在阳光照射下，山林绿叶和粼粼水波，都会反映出一种光彩来。**凭栏**：凭倚着栏杆，这里是说凭栏远眺。**芰荷**：出水的荷。 ③**一味凉**：一派凉意。

导读

诗人以此题写了四首诗，这是其中之一。

诗首句直接入题写自己登楼眺望所见。写出了夏日鄂州的湖光山色、十里荷香，布局十分宏大广阔。登楼四顾，山光与水光相接，凭栏远眺，菱花与荷花飘香，大自然是多么美好。诗人觉得自己所能享受的，除了这些以外，还有无人管束的清风和明月。这虽可自乐自慰，但也于清凉之中透露出了诗人不得意的寂寞情怀。诗中的“一味凉”的“凉”字，固然是“清风明月”给人造成的直感，也是诗人抛弃烦恼，融入自然的心境反映。

山亭夏日

唐·高　骈

绿树浓阴夏日长，楼台倒影入池塘。
水晶帘动微风起，满架蔷薇一院香。①

注释

①水晶帘：如水晶般明亮的帘子。

导读

诗的第一、二句写诗人的惬意心态，绿树映日浓阴，楼台倒影池塘，多么幽静清和。第三句由静转动，虽然只是一丝微风，却不容小觑。而当微风吹动水晶般的帘子叮叮作响的时候，架上的蔷薇也正在满院飘香，又是多么沁心迷人。明丽的语言，细腻的描写，把这夏日山亭的情景生动地表现了出来。从这首诗中我们不难体会出诗人夏日里的悠闲神情，读来诗味浓郁。

诗人运用白描的手法，描绘夏日的绿树浓阴、楼台倒影、池塘水波与蔷薇花香，构成了一幅色彩鲜明、格调优雅的风景图，表现了诗人寄情山水的闲适。

田　　家

宋・范成大

昼出耘田夜绩麻，村庄儿女各当家。①

童孙未解供耕织，也傍桑阴学种瓜。②

注释

①**耘田**：除掉田中杂草。**绩麻**：将麻搓成线。**各当家**：各自担当家里的任务，即男耕女织。　②**童孙**：幼小的孙子。**未解**：不能够。**供**：从事。**傍**：靠着。**桑阴**：桑树底下。

导读

诗人写了《四时田园杂兴》六十首，其中属于"夏日"的有十二首，这是其中之七，这首诗描写的是农村夏日生活中的一个场景。

男的耘田，女的绩麻，连那幼小的孙儿，也在桑树底下学种瓜。这既写出了农村生产繁忙的景象，又描绘了辛勤而平静的农家生活，流露了赞美之情。虽然诗中描写的这种初夏时紧张劳作的情景是农村中常见的现象，但诗人刻画生动，笔触细腻，所以读来觉得颇具特色，意趣横生。

在另外的一些诗里，诗人也写到农民劳动的艰辛和负担的沉重，对他们充满了同情，同样流露出了人道主义的光辉。

村居即事

宋・范成大

绿遍山原白满川，子规声里雨如烟。①

乡村四月闲人少，才了蚕桑又插田。②

注释

①**山原**：山间原野。**白**：这里指水。因雨水满川，呈白光一片。**川**：河川。**子规**：这里可能是指布谷鸟，因布谷鸟类似子规，叫声如"割麦插禾"或"快快插禾"，催促农事，与诗意颇符。**雨如烟**：初夏细雨霏霏，如轻烟薄雾。 ②**闲人**：有空闲的人。**了**：做完。**插田**：插秧。

导读

这是写初夏农村景象的：山间原野，遍地新绿，满川雨水，白茫一片。在那轻烟似的细雨中，布谷声声，乡村里哪还有闲人呢？无论男女老少，刚刚做完蚕桑的活儿，又在忙着插田啊。语言明丽，风格轻快，描绘出了一幅乡村四月农事繁忙的图画。

诗人欣赏的是没有被紧张的农活所打破的宁静，肯定紧张的生活也是和谐，是与水光山色相默契的，所以说得很平淡。诗人是把自己沉入到景与事中，所以写得分外传神。

题榴花

唐·韩　愈

五月榴花照眼明，枝间时见子初成。[①]

可怜此地无车马，颠倒苍苔落绛英。[②]

注释

①**照眼明**：是说五月榴花盛开，红艳如火，映入眼中，格外璀璨夺目。**子**：指石榴。**初成**：开始结实。 ②**可怜**：可惜。**车马**：这里指坐车骑马的达官贵人。**颠倒**：纷乱。**绛英**：指榴花。绛，赤色。英，花。

导读

这是借景抒情之作，咏物言志，这首歌咏榴花的诗歌也是诗人心境的写照。

此诗描写长在荒凉偏僻之地的石榴花，因为没有人赏识，自开自落，抛洒地上，无人欣赏，与苔藓为伴。前两句写石榴的鲜艳明媚，果实累累。可惜只落得鲜红美丽的花瓣落在青苔泥土上！诗人以此抒发感慨，为石榴花的无人赏识而倍感惋惜，含蓄地表达了诗人对怀才不遇者的同情与惋惜。

村　晚

宋·雷　震

草满池塘水满陂，山衔落日浸寒漪。①
牧童归去横牛背，短笛无腔信口吹。②

注释

①陂：池塘。山衔：太阳快要落山，像山衔着的一样。寒漪：水上波纹。　②横：横骑。腔：曲调。

导读

此诗写盛夏的山村晚景，很富田园牧歌情趣。景物描绘准确入微，宛如一帧生动逼真的画幅。

首句连用两个“满”字点出水草之丰茂，富有生机。第二句既点明仲夏季节，又点明了傍晚时分。三、四两句由景及人，截取农村生活中的典型画面，赞美了牧童的天真活泼和农村生活的安详。此诗写牧童最有趣味，他们不是分开腿骑在牛背上，而是横坐在牛背上，两条腿搁在一边。这样更惬意些，也显得更有本领。牧童带着他的牛自由自在地往家走，吹着短笛信口演奏，自得其乐。周边是丰茂的水草，塘水清凉，夕阳西下，一天的劳动就要结束了。

书湖阴先生壁[1]

宋・王安石

茅檐常扫净无苔，花木成畦手自栽。[2]

一水护田将绿绕，两山排闼送青来。[3]

注释

①**书湖阴先生壁**：写在湖阴先生家墙壁上的诗。 ②**茅檐**：这里指茅草屋檐下面。**常扫**：经常打扫。**无苔**：没有苔藓。**畦**：田园中分成的小块土地。 ③**护田**：形容流水环绕着田地。**排闼**：推门而入。闼，门。

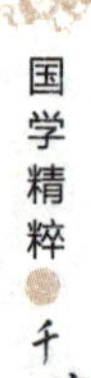

导读

这是王安石的名作。他以此为题写了两首诗，这是其中之一。

杨德逢是王安石的友好邻居，不是一般人家，所以开头两句，诗人通过对简朴而幽雅居室的描绘，颂扬了主人的高洁品格。接着的两句，绿水护田，青山送色，这一“护”一“送”，写得极有感情，像是仰慕这位甘于淡泊而能洁身自好的主人，当然，也包括了诗人的评价。通过拟人化的手法，把不动的景象变成了富有感情的动的形象，诗便充满了勃勃生气，带有浓重的主观性。这最后两句是最为人称道，诗人把自然风景人格化。构思新奇，用词生动，人与自然和谐统一，是传诵千古的不朽句子。全诗朴实无华，比拟鲜活，流露出诗人对农村生活的爱慕之情。

乌衣巷[1]

唐・刘禹锡

朱雀桥边野草花，乌衣巷口夕阳斜。[2]

旧时王谢堂前燕，飞入寻常百姓家。[3]

注释

①**乌衣巷**：古地名，在今南京市秦淮河南岸。 ②**朱雀桥**：秦淮河上的桥名。 ③**王谢**：东晋王导、谢安诸豪族皆住乌衣巷。

导读

这首怀古诗，以极为凝练的语言，高度的艺术概括，表现了诗人抚今追昔的沧桑之感，寄托着对世运无常的感慨。诗的前两句写乌衣巷现在的荒凉景色，朱雀桥边只有野草野花，乌衣巷口照射着黯淡的夕阳。这些描写，表现了昔日无比繁华的乌衣巷已残破衰落。后两句是名句，意思是说当年乌衣巷为贵族住地，而今天已经变成黎民百姓的居住区了。所以当日在贵族王谢堂中栖宿的燕子今天所栖之房，已是一般百姓之家了。诗篇从侧面落笔，借眼前景物抒写今昔之感，含蓄深沉，耐人吟咏。

乌衣巷

乌衣巷在南京秦淮河南岸，三国时是吴国茂守石头城的部队营房所在地。当时军士都穿着黑色制服，故以“乌衣”为巷名。后为东晋时高门士族的聚居区，东晋开国元勋王导和指挥淝水之战的谢安都住在这里。唐代诗人刘禹锡作《乌衣巷》，以“旧时王谢堂前燕，飞入寻常百姓家”之句，感叹王谢旧居早已荡然无存。这是诗人感慨藏而不露，寄物咏怀的名篇。1997年，秦淮区人民政府恢复了乌衣巷并重建了具有民族风格的王谢古居。

送元二使安西①

唐·王　维

渭城朝雨浥轻尘，客舍青青柳色新。②
劝君更尽一杯酒，西出阳关无故人。③

注释

①**元二**：人名。**使**：出使。**安西**：安西都护府的治所。 ②**渭城**：秦朝国都咸阳故城，在今陕西省西安市西北。**浥轻尘**：指细雨洒湿了

阳关

阳关是我国古代陆路对外交通咽喉之地，是丝绸之路南路必经的关隘。位于甘肃省敦煌市西南的古董滩附近。西汉置关，因在玉门关之南，故名。和玉门关同为当时对西域交通的门户。宋代以后，因与西方的陆路交通逐渐衰落，关遂废圮。

古董滩因地面曾出土了大量汉代文物，如铜箭头、古币、石磨、陶盅等而得名。《西关遗址考》谓古董滩是汉代以后阳关。但据清《甘肃新通志》及《敦煌县志》认为红山口即阳关。

地面的尘土。浥，湿润。**客舍**：驿站，旅馆。**柳色新**：指柳叶经雨颜色更加青翠了。古人有折柳送别的习惯，现在柳色青青，更增加了惜别之情。 ③**更尽**：再干一杯。**阳关**：在今甘肃省敦煌县西南，为古代进出西域的必经之地。

导读

这是一首送朋友去西北边疆的诗。唐代从长安往西去，多在渭城（今咸阳）送别。

诗的开头两句，从眼前景物写起，不仅点明了送别的时间和地点，而且烘托出了一幅雨后初春的宜人景色，营造出浓郁的抒情气氛，淡化了离别的伤感情绪，透露出一丝轻快。朋友既不可留，且行期在即，那也就不必过于忧伤，所以最后两句直抒胸臆，于劝慰中透出哀愁，又于清丽中见出爽朗。“劝君更尽一杯酒”，这句看似脱口而出的劝酒辞使离别的气氛达到高潮，千言万语，浓情厚谊尽在其中。因此，这首诗并不显得特别消沉，倒是充满了对朋友的惜别之情，成为古代送别诗的名篇。全诗所使用的并不是特别惊人之语，但那种惜别情怀，充溢于字里行间。这首诗所抒发的是一种有着广泛土壤的离别之情，使它经久不衰。

与史郎中饮听黄鹤楼上吹笛①

唐·李　白

一为迁客去长沙，西望长安不见家。②

黄鹤楼中吹玉笛，江城五月落梅花。③

天下江山第一楼——黄鹤楼

黄鹤楼原建于黄鹄矶，历代文人墨客到此游览，留下了不少脍炙人口的诗篇。唐代诗人崔颢一首“昔人已乘黄鹤去，此地空余黄鹤楼。黄鹤一去不复返，白云千载空悠悠，晴川历历汉阳树，芳草萋萋鹦鹉洲。日暮乡关何处是，烟波江上使人愁”已成为千古绝唱，更使黄鹤楼名声大噪。黄鹤楼与旧时的安远楼、头陀寺、北榭并称为古时蛇山“四大楼台”。

注释

①**史郎中**：郎中，官名，唐代尚书省中的中级官衔。 ②**一为迁客**：一旦成了迁客。**去长沙**：到长沙去。**长安**：汉代、唐代都以长安为国都。 ③**江城**：指江夏城（今武汉市武昌）。城依长江，故名。**落梅花**：即《梅花落》，笛中乐曲名。

导读

这首诗是李白在流放途中遇赦后，在江夏时写的。在诗中，作者以贾谊自比，表现了他流放遇赦后仍然愁闷不已的胸怀和对政治前途绝望的难受心情。李白流放夜郎，本属冤枉，他在途中遇赦又带有很大的偶然性，并非皇帝专门给他的恩惠。三、四两句写诗人听到“梅花落”的笛声，但看到的却仿佛是寒冬时节的凄美景象。这是借用通感手法渲染愁情，是诗人内心的真实写照。全诗构思精巧，先有情而后闻笛，情景相生，妙合无限。

题淮南寺①

宋·程　颢

南去北来休便休，白蘋吹尽楚江秋。②

道人不是悲秋客，一任晚山相对愁。③

注释

①**淮南寺**：宋设淮南路，治所在扬州（今江苏省扬州市）。 ②**休便休**：有地方可休闲便坐下来休闲。**白蘋**：开白色花的浮萍，多年生草本植物。**楚江**：长江。 ③**道人**：有某种学问的人。这是诗人自称。**悲秋客**：指见秋生悲的人。**一任**：任凭。**晚山**：傍晚时分的山峦。

导读

程颢是北宋著名的理学家，他这首诗就有些谈佛教道理的味道。诗人说他南去北来、四处奔波，虽然忙忙碌碌，但是得休便休。又讲秋风、秋江、秋蘋，虽令人生愁，他却声称自己不是悲秋客，要把愁留给晚山。表面看，作者旷达洒脱，似乎不为人间哀乐所动。其实他是欲休不能休，不愁正有愁。不然，他何以有得休便休的感慨？又何以见出楚江深秋、晚山对愁？这些感受恰好透露了他内心深处的隐忧，反映出诗人挥之不去的悲秋之愁。

此诗中，诗人以道人自许，直抒胸臆，写自己不为秋愁而忧愁，表现了诗人不为物役、旷达自持的精神。

秋　月

宋·程　颢

清溪流过碧山头，空水澄鲜一色秋。①

隔断红尘三十里，白云红叶两悠悠。②

注释

①**碧山头**：碧绿色的山头，指山上树木葱茏、苍翠欲滴。**空水**：指夜空和溪中流水。**澄鲜**：明净、清新的样子。**一色秋**：指夜空和在溶溶月色中流动的水流都像秋色一样明朗、澄清。②“**隔断**”**句**：指溪水离有人家的地方有三十里路远。红尘，佛教徒把人间称为红尘。**悠悠**：悠闲自在的样子。

红尘

红尘在古代时的原意是繁华的都市。出自东汉文学家、史学家班固《西都赋》的诗句。指的就是这个世间，纷纷攘攘的世俗生活。来源于过去的土路车马过后扬起的尘土，借喻名利之路。

导读

诗题为“秋月”，描写的是月光掩映下的山涧清溪，展现出一幅空灵、幽静的月夜秋景图。通过描写碧山、清溪、红叶、白云，色彩丰富艳丽，画出了一幅深秋中的风景画。但作者特别强调它的远离人世，并着意渲染它的幽静、自在和一尘不染，喻指诗人心无芥蒂，光明磊落的思想境界。诗人陶醉在超凡脱俗的自然境界中，不由得羡慕白云，红叶的悠闲自在，使诗人的精神境界得到升华。诗歌写得清新淡雅，色彩明亮，意境优美。这首诗描写秋风照耀下的山水景物，从而歌颂秋月的澄澈崇高，寄托了理学家“仁者以天地万物为一体”的主观感受。

七　夕[1]

宋·杨　朴

未会牵牛意若何，须邀织女弄金梭。[2]

年年乞与人间巧，不道人间巧已多。[3]

注释

①七夕：节日名。即阴历七月初七。②未会：不明白，不理解。

七夕

每年农历七月初七这一天是我国的传统节日“七夕节”。因为此日活动的主要参与者是少女，而节日活动的内容又是以乞巧为主，故人们又称这天为“乞巧节”、“少女节”或“女儿节”。七夕节是我国传统节日中最具浪漫色彩的一个节日。在这一天晚上，少女们穿针乞巧，祈祷福禄寿活动，礼拜七姐，仪式虔诚而隆重，陈列花果、女红，各式家具、用具都精美小巧、惹人喜爱。

若何：如何，怎样。**须**：必要，总要。**邀**：约请。**弄金梭**：即穿金梭，指用金梭织锦。 ③**乞**：求，要。**不道**：岂不知道。何不想想。

导读

“乞巧”本是民间风俗，诗人的思路却别出心裁，对牵牛年年邀请织女与人间送巧发生异议，认为他用不着再为人间乞巧，理由是人间机巧已够多了。诗歌立意新颖，构思巧妙，诗人用“牛郎织女”的美丽传说来反衬人间的尔虞我诈、投机取巧。诗开头用百思不得其解的口吻对牛郎的行为提出置疑，三、四句自陈答词，用织女之“巧”烘托人间之“巧”，并由此发出了“不道人间巧已多”的感叹。全诗表达了诗人对世俗社会奸巧虚伪的深刻讽刺。

立　秋①

宋·刘　翰

乳鸦啼散玉屏空，一枕新凉一扇风。②
睡起秋声无觅处，满阶梧叶月明中。③

注释

①**立秋**：二十四节气之一，公历8月7日、8日或9日。 ②**乳鸦**：小乌鸦。**啼散**：啼叫着飞散了。**玉屏**：精致的屏风。 ③**秋声**：秋风摇落草木发出的响声。**无觅处**：无处可寻。**满阶梧叶**：满台阶的梧桐叶。

导读

这首诗写诗人在夏秋季节交替时的细微感受。仿佛立秋一到，大自然就换了一副面容，人们的生活也发生了显著变化。

这首诗写得时令感很强，题为“立秋”。全诗的境况紧扣题意，构思很巧妙。诗歌用秋风、秋声、秋叶渲染出立秋时节的自然景象，季节特征明显。全诗围绕一个“秋”字，逐层展开描述，描绘出了无限秋意。

秋　夕①

唐·杜　牧

银烛秋光冷画屏，轻罗小扇扑流萤。②
天阶夜色凉如水，卧看牵牛织女星。③

注释

①**秋夕**：指秋月明朗的晚上。　②**银烛**：白色的蜡烛。**秋光**：秋月的光辉。**冷**：指烛光、月光映照在屏风上给人的感觉，渲染出环境的凄凉。**画屏**：带有图画的屏风。**轻罗小扇**：用一种轻薄的丝织品制成的小团扇。**流萤**：飞来飞去的萤火虫。　③**天阶**：指皇宫外的石阶。**凉如水**：指台阶上的石板冰凉如水。形容深夜寒气袭人。

导读

这首诗通过描写宫女的一个生活场面，委婉深细地表现了她内心的苦闷。诗中说，秋夜已深，烛光照耀下的画屏都带有冷意。用“冷”字暗示寒秋季节，又衬出主人公内心的孤独。这个宫女百无聊赖，只好拿着轻罗制的小团扇，到房外扑飞过来的萤火虫。或许她抬头的时刻，忽然一眼瞥见了天上的牵牛、织女星。霎时，牛郎织女一年一会的故事从她脑际掠过，宫女想到自己的孤单、凄凉的生活，种种心事涌上了心头。她不能自已，索性躺下来仰望着天上的牛郎、织女出神。

诗的表现手法很高明，主要是通过描写动作创造诗的形象。通过这样的暗示，前三句所写的凄凉冷清的环境，宫女伤怀愁苦与无聊，都有了答案。前写“扑流萤”，已显出宫女精神上的空虚、无聊，后写她“卧看牵牛织女星”，更显出她内心的苦闷。诗虽然写得很含蓄，但看得出诗人对宫女的遭遇是同情的。

中秋月

宋·苏轼

暮云收尽溢清寒，银汉无声转玉盘。①
此生此夜不长好，明月明年何处看。②

注释

①**暮云收尽**：傍晚天边云彩被风吹尽了。**溢**：充满而漫出来。**清寒**：清幽寒冷的月光。**银汉无声**：指银河里流水寂寂没有声响。银汉，即天河。**玉盘**：指圆月。 ②**“此生”二句**：回顾我这一生，每逢中秋月夜过得并不很好，谁知道明年今天，我又会在哪里仰望这一轮秋月呢！

导读

此诗写于熙宁十年（公元 1077 年）中秋。当时苏轼任徐州刺史，与其弟苏辙共度这一良夜；不久苏辙离去，所以诗中含着惜别的情思。

诗的前两句，描绘了中秋之夜天晴气爽，皓月当空的美景。“此生此夜不长好”意即在人的一生中，中秋之夜不能都如此美好，“明月明年何处看”的意思是明年我和你不知在哪里赏月。三、四这两句即景生情，叹息好景不长，世事难料。句子流露了对弟弟的真挚感情，还隐寓着自感不能掌握命运的叹息。在中秋月圆之夜，诗人思绪飞扬，一股淡淡的哀愁笼罩在无尽的月色中，诗意倍添。

江楼感旧[1]

唐·赵　嘏

独上江楼思渺然，月光如水水如天。[2]
同来玩月人何在，风景依稀似去年。[3]

注释

①**江楼**：江边楼台。**感旧**：回忆一段往事而引起感慨。　②**渺然**：心里感到空虚，若有所失的样子。　③**人何在**：指去年同他一道赏月的人不知今天在哪里。**依稀**：仿佛。

导读

这是一首典型的登楼感怀诗。作者在江边一处楼台旧地重游，怀念友人，写了这首感情真挚的怀人之作。

诗的首句用一个“独”字刻画出诗人形单影只，孤苦落寞的形象。月光与水天的合二为一，使得诗歌意境浑融，情景互衬，突出了诗人心境之凄凉。三、四两句自问自答，抚今追昔，一种物是人非的惆怅感涌上心头，深化了主题。诗省去了去年与友人同游的欢快场面，但读者可从句中体味出来。此外还可体味到诗人的孤独、惆怅的情绪，手法很含蓄。

题临安邸[1]

宋·林　升

山外青山楼外楼，西湖歌舞几时休。[2]
暖风熏得游人醉，直把杭州作汴州。[3]

注释

①**临安**：南宋的都城。在今浙江省杭州市。**邸**：兼营货栈的旅店。这首诗题在临安城内一家旅店的墙壁上。 ②**山外青山**：青山之外尚有青山。**楼外楼**：高楼之外还有高楼。**西湖**：位于临安城西，当时就是著名的风景区。**几时休**：何时才能罢休。 ③**暖风**：暖洋洋的春风。**熏**：吹。**游人**：指那些追歌逐舞，寻欢作乐的权贵们。**直**：简直。**汴州**：北宋的都城，即今河南省开封市。

导读

这是一首写在临安城一家旅店墙壁上的政治讽刺诗，非常著名，但写得婉转含蓄。

诗人用的是冷言诮语，却从热闹场面写起：西湖岸边，青山不断，楼台相连，高门大户，轻歌曼舞。那柔腔媚调的靡靡之音，夹杂着心满意得的狂欢声，不时在山间、湖面飘散。官僚们的荒唐行为引起了诗人的愤慨。在第三句中诗人以暖风把“游人”熏醉来比喻权贵们醉生梦死、麻木不仁的状态，“暖风”既指自然界的春风，又指社会上淫靡之风。“游人”并非一般的游客，而是指那些不顾时政，寻欢作乐的南宋统治者。结句是“醉”的表现：他们一直把杭州作汴州，不思出兵北伐去恢复失地了。这首诗表达了作者强烈的爱国感情，也是对腐朽统治集团的深刻讽刺和严厉批判。

晓出净慈寺送林子方①

宋·杨万里

毕竟西湖六月中，风光不与四时同。②
接天莲叶无穷碧，映日荷花别样红。③

注释

①**晓出**：早晨走出。**净慈寺**：寺名，与灵隐寺同为杭州西湖的著名佛寺，位于西湖南岸。**林子方**：诗人的一位朋友，曾经作过直阁秘书。

②**毕竟**：到底。**四时**：指春、夏、秋、冬四季。 ③**接天**：与天相接。**映日荷花**：指朝阳映照下带露的荷花。**别样红**：红得不同一般。

导读

这首诗非常著名，写的是杭州盛夏时的美好风光，是一首描绘西湖美景的千古绝句。

六月的一个清晨，诗人在净慈寺前送客。西湖的旖旎风光把他迷住了。他动情地说：到底是六月西湖啊，风光自非往日可比。你看那湖上碧绿的莲叶无边无际，直与天接；那一支支出水的荷花，在朝阳的映照下，红得多么别致！诗人用“碧”、“红”二字突出了莲叶和荷花给人带来的视觉冲击效果，既渲染了天地之壮阔，又使整幅画面绚灿生动。诗人是用写生画的办法表现他对西湖一瞥的感受。只是就湖上莲叶、荷花略加点染，就描绘出了一幅夏日西湖破晓图。全诗明白晓畅，先抒情后写景，从而造成一种先虚后实的效果，读过之后，确实能感受到六月西湖“不与四时同”的美丽风光。

饮湖上初晴后雨①

宋·苏　轼

水光潋滟晴方好，山色空蒙雨亦奇。②

欲把西湖比西子，淡妆浓抹总相宜。③

注释

①**饮湖上初晴后雨**：指在西湖饮酒，先是晴天，后来下起了雨。这首诗是作者在熙宁六年（公元 1073 年）一二月间写的。当时他在杭州担任通判。 ②**潋滟**：水波荡漾。**方好**：刚刚好，正显得美。**空蒙**：烟雨迷茫的样子。 ③**西子**：即西施。春秋时越国的著名美人。**淡妆**：淡雅素朴的装饰。**浓抹**：即浓妆，华丽浓艳的装饰。**总相宜**：都恰到好处，意思是都很美。

导读

这是一首赞美西湖风景的名诗。它不是描写在西湖的一时一处之景，而是对西湖美景的全面评价，历来被公认为是歌唱杭州西湖景色的佳作。诗中先用两句写出晴日西湖和雨日西湖的引人入胜，与标题“初晴后雨”两相照应，再用“淡妆浓抹总相宜”的西施来比喻西湖的无时不美。诗人用生动贴切的比喻把自然界的湖光山色写活了。他由西湖的美想到西子的美，读者则因西子的形象勾起了对西湖美的想象，写出了西湖的神韵。这样，写情的后两句与写景的前两句串成一气，滴水不漏。由于这首诗的缘故，从此西湖便有了“西子湖”的美名。

入直召对选德殿赐茶而退[①]

宋·周必大

绿槐夹道集昏鸦，敕使传宣坐赐茶。[②]

归到玉堂清不寐，月钩初上紫薇花。[③]

注释

①**入直**：封建时代官员进入宫禁值班。**召对**：指被皇帝召去议事。**选德殿**：南宋临安城宫殿名。**退**：归，返回。 ②**绿槐夹道**：指宫内道路两边长满了绿色的槐树。**昏鸦**：黄昏时即将归窝的乌鸦。**敕使**：传达皇帝命令的官员。**传宣**：宣召，命令入宫。 ③**玉堂**：指翰林院。**清不寐**：指诗人从选德殿出来，回到翰林院，想到皇帝对自己的礼遇，觉得神清气爽，怎么也睡不着。**月钩**：形容新月初上，其形如钩。**紫薇**：落叶亚乔木，高丈余。树皮润滑，夏天开红紫色的花，秋天花谢，又称为“百日红”。唐代、宋代宫禁中多植紫薇。

导读

这首诗写诗人得到皇帝信任的激动心情。黄昏去值班，皇帝召见了他。可能皇帝向他询问某件事情，他的意见得到了采纳，于是内心十分激动。以至回到翰林院神思飞越，久不成寐。这是封建时代一般士大夫常有的心理。诗的好处是写得简约而又真实。诗歌从“昏鸦”写到“月钩”，具体勾画出了这段时间所发生的一切，末句“紫薇花”一语双关，既指自然之花，又指沐承皇恩的诗人自己。

夏日登车盖亭[1]

宋·蔡　确

纸屏石枕竹方床，手倦抛书午梦长。[2]
睡起莞然成独笑，数声渔笛在沧浪。[3]

注释

①**车盖亭**：在安陆郡（治所在今湖北省安陆市）。　②**纸屏**：纸糊的屏风。**石枕**：以石为枕。**竹方床**：竹榻。**“手倦”句**：诗人躺在竹床上看书，久而生倦，索性放下书本睡去，竟然在午睡时做了一个长长的梦。这是写诗人的闲适心情。　③**“睡起”句**：这句写诗人午睡醒后的得意神态。莞然，微笑的样子。**沧浪**：本指水的青苍颜色，此处代指江湖。

导读

这是诗人《夏日登车盖亭》十首中的一首。诗人因为写了这组诗接连几次受贬。这首是写诗人在水亭纳凉时的感受，是闲情逸致之作。他高卧水亭，酣然入梦，醒后听见数声渔笛，认为自己的闲逸与渔家的身居江湖已很接近，所以独自发笑。

诗中的“手倦抛书”，形容入睡情态，“睡起莞然成独笑”，写睡后悠然自得的感觉，特别是独自哑然失笑，都写得形象入微。诗人轻松愉悦的心情由此达到了顶峰，反映出他对清闲生活的情有独钟。

直玉堂作

宋·洪咨夔

禁门深锁寂无哗，浓墨淋漓两相麻。①
唱彻五更天未晓，一墀月浸紫薇花。②

注释

①**禁门**：宫门，皇帝居住的地方称为禁。**浓墨淋漓**：挥笔在纸上书写，墨汁流滴濡染的样子。**两相麻**：两份任命丞相的诏书。 ②**唱**：指宫中报晓的人大声报晓。**墀**：台阶上面的空地。

导读

这首诗写出了诗人在翰林院起草诏书的得意神态。诗的第一句写宫禁肃静，已见出他工作的庄重、神圣，透露出皇家气派。第二句描写翰林院内紧张有序的工作情况，“浓墨淋漓”表现了学士们才思勃发，下笔千言的踌躇满志之态。三、四两句描绘了工作结束后的光景，夜色依旧，月浸繁花，暗示了诗人内心的轻松之感和自得之乐。全诗以静衬动，以景写人，颇具诗韵。

竹　楼

唐·李嘉祐

傲吏身闲笑五侯，西江取竹起高楼。①
南风不用蒲葵扇，纱帽闲眠对水鸥。②

注释

①**傲吏**：战国时庄子（约公元前 369 年—前 286 年）曾在蒙（今河南省商丘市东北）地做过漆园小吏。后人把庄周称为漆园傲吏。**身闲**：闲

散，无事可做。**笑**：取笑，有看不起的意思。**五侯**：东汉时外戚梁冀为大将军，他的叔父让、淑、忠、戟和他的儿子胤五人封侯，世称“梁氏五侯”。诗中“五侯”泛指位高势重的显官贵臣。**起高楼**：修建竹楼。②**蒲葵**：草名，可作编席制扇用。**纱帽**：代指官吏所戴的一种帽子。**闲眠**：指心中无事睡得安逸，代指人正闲眠。**水鸥**：水上鸥鸟。

导读

这首诗以竹林为线索描绘了傲吏清闲安逸的生活，表现出他对荣华富贵的轻视。诗的第一句就点明了题意，展现了蔑视高官贵族的不羁性格。后三句具体描写他“身闲笑五侯”的一个场面：诗人说他身闲无事，就在西江边盖起了竹楼。在竹楼水阁上，凉风习习，哪里用得着蒲扇。他把纱帽放在茶几上，面对着水上浮鸥，无忧无虑地睡着了。诗中塑造了一个封建社会中闲散而清高的小官吏的形象。需要强调的是，最后一句中的“纱帽”，与后代作为官僚标志的所谓“乌纱帽”无关。诗人自称为“傲吏”，当然不会去强调标志着自己官吏身份的什么东西。

全诗借咏竹楼，赞颂了“傲吏”笑傲王侯、崇尚自然的清高孤傲品质。

直中书省①

唐·白居易

丝纶阁下文章静，钟鼓楼中刻漏长。②
独坐黄昏谁是伴，紫薇花对紫薇郎。③

注释

①**直中书省**：在中书省值班。中书省，官署名，它是秉承君主意志，掌管机要，发布政令的行政机构。 ②**丝纶**：指皇帝的命令。纶，粗的丝带。**刻漏长**：指漏中滴水不断，有时间难得消磨的意思。刻漏，古时用滴水计时的器物。 ③**紫薇郎**：诗人自称。

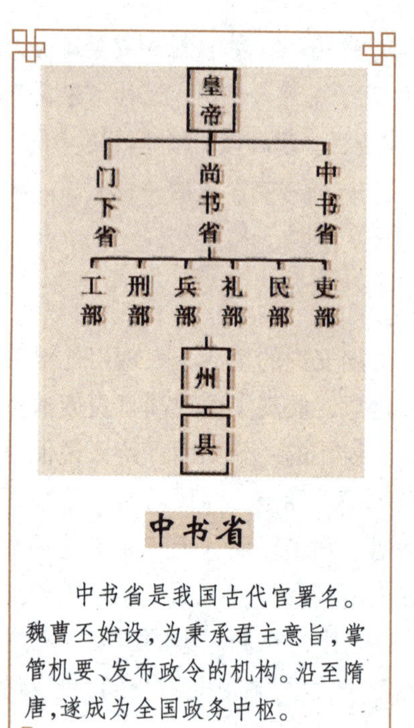

中书省

中书省是我国古代官署名。魏曹丕始设，为秉承君主意旨，掌管机要、发布政令的机构。沿至隋唐，遂成为全国政务中枢。

导读

这首诗描写的是诗人在中书省当值守夜的情景。诗人在中书省值班，闲暇无事，颇感寂寞，好像时间特别难过。首句以“文章静”来概括办公地方的安静，“刻漏长”是值班时寂寞难耐的感受。诗的最后两句本写黄昏独坐，偏说有伴。伴是何人？原来是“紫薇花对紫薇郎”。这句颇有神韵，达到了物我交融的高度统一。在诗人心目中，平日看惯了的紫薇花今日特别多情，立在那里仿佛专为他解闷似的。诗中“对”字传神，诗人与花，你看着我，我看着你，真是“相看两不厌”，这种感受更显出了他的寂寞无聊。本诗遣词造句自然而有情趣。

观书有感（其一）

宋·朱　熹

半亩方塘一鉴开，天光云影共徘徊。①
问渠那得清如许，为有源头活水来。②

注释

①**鉴**：镜子。古时铜镜用镜袱盖住，用时打开。**开**：打开。**天光**：天空中明亮的光色。**云影**：云的影子。**徘徊**：来回走动。
②**渠**：它，指方塘里的水。**那得**：怎么会有。**清如许**：这样清澈。**为**：因为。**活水**：指流动不息的水。

导读

这是一首说理诗，写得生动形象，深入浅出。从字面上看是一首风景诗，实际上写读书对一个人的重要性。诗的一、二句写景，“一鉴开”点明了湖面之平静，“共徘徊”即进一步强调了湖水的清澈，又为湖水注入了一股活力。诗人没有单纯地停留在写景上，而是针对湖水之清展开思考，以一问一答的形式阐述了一个哲理性的问题。池塘要保持清澈，必须有源头活水进来。后人用此比喻在工作或学习上，要如同源头活水一样，不断地汲取新鲜养分，才能取得不断进步。

理学

宋元明清时期的哲学思潮，又称道学。它产生于北宋，盛行于南宋与元、明时代，清中期以后逐渐衰落，但其影响一直延续到近代。广义的理学，泛指以讨论天道性命问题为中心的整个哲学思潮，包括各种不同学派；狭义的理学，专指程颢、程颐、朱熹为代表的、以理为最高范畴的学说，即程朱理学。理学是北宋以后社会经济政治发展的理论表现，是中国古代哲学长期发展的结果，特别是批判佛、道哲学的直接产物。理学在中国哲学史上占有特别重要的地位，它持续时间长，社会影响大，讨论的问题也十分广泛。

观书有感（其二）

宋·朱 熹

昨夜江边春水生，艨艟巨舰一毛轻。①
向来枉费推移力，此日中流自在行。②

注释

①**艨艟**：古代的一种战船。**巨舰**：大型战船。 ②**向来**：从前，往昔。指春水未涨之时。**枉费**：白费。**中流**：河流当中。**自在行**：自由自在地前进。

导读

这也是一首借助形象说理的诗。它以泛舟为例，让读者去体会与学习有关的道理。诗中说往日舟大水浅，众人使劲推船，也是白费力气，而当春水猛涨，即使艨艟巨舰也如羽毛般轻盈，自由自在地在水流中漂行。诗中所描绘的图景既有时令感，又有动态感，具有勃勃生气。既区别于纯粹的抽象说理，又蕴含了丰富的哲思。这首诗告诉我们做任何事只有功底扎实雄厚，才能得心应手。

冷 泉 亭①

宋·林 稹

一泓清可沁诗脾，冷暖年来只自知。②
流出西湖载歌舞，回头不似在山时。③

注释

①冷泉亭：亭名。位于杭州市西湖灵隐寺前飞来峰下。亭下涧水称为冷泉，涧水流向西湖。 ②**泓**：深水。**清**：清澈。**沁**：渗入。**脾**：人的五脏之一。**冷暖**：指水温的变化。**年来**：年去年来。 ③**流出**：泉水从飞来峰流出。**载歌舞**：西湖水面载着歌舞之船。**不似在山时**：指泉水成了湖水，成天载着歌舞之船，沾染了人间的恶浊气氛，就不如当年在深山里那样纯净、清澈了。

导读

诗人借泉水的清浊变化来表达寓意。诗中说冷泉涧水本是清澈凉爽，沁人心脾，但自从流进西湖，终日载着歌舞楼船，就不像从前那样清美单纯了。言外之意是说，一个人开始本是纯洁无瑕的，一旦沉沦于庸俗的生活，就会和过去判若两人。有“近朱者赤，近墨者黑”的意思。诗人的用心，大概是要劝告人们慎重选择人生道路。诗歌借物抒情，针砭时弊，说明了后天环境对人的强大外化作用及人自身的可变性。杜甫早在《佳人》诗中说过“在山泉水清，出水泉水浊”，古往今来皆如此。水总是要出来的，须另行设法尽可能地保护其清澈。

赠刘景文[1]

宋·苏 轼

荷尽已无擎雨盖，菊残犹有傲霜枝。[2]

一年好景君须记，最是橙黄橘绿时。[3]

注释

①**刘景文**：名季孙，河南祥符（今河南省开封市）人。其人博学多才，王安石很赏识他。苏轼曾把他称为“慷慨奇士”，比为孔融。此诗写于元祐五年（公元1090年）。 ②**擎雨盖**：形容荷叶像一柄遮雨的伞。擎，举，向上托住。**傲霜枝**：经霜不凋的花枝。比喻坚贞不屈的人。傲，轻视。 ③**橙黄橘绿时**：指橙子泛黄、橘子青绿的时候，即秋冬之间。

导读

诗歌用败荷、残菊描述了秋去冬来的季节变化，给人以凛冽、严寒之感。他并不为“荷尽”、“菊残”而惋惜，倒是残菊丛中那傲霜挺拔的菊枝，和树中橙黄橘绿的斑斓色彩引起了他的兴味。这带来了初冬的新生命，萌动着生机。因为这些都可作为品格坚贞的象征。实际上，诗人把冬景写得充满活力，有以物喻人的用意。诗歌借对橙、橘、菊的高洁品行的赞扬来赞颂刘景文的品行和节操，表现了诗人旷达乐观的性情和胸襟。

枫桥夜泊[1]

唐·张 继

月落乌啼霜满天，江枫渔火对愁眠。[2]

姑苏城外寒山寺，夜半钟声到客船。[3]

注释

①**枫桥**：桥名，原名封桥，因张继这首诗改名枫桥，在今江苏省苏州市阊门外。**泊**：停泊。 ②**月落乌啼**：指乌鸦因月落而惊叫。乌啼，乌鸦啼鸣。**江枫**：江边枫树。在古典诗歌中，江枫常是引人发愁的景物。**渔火**：渔船上的灯火。**对愁眠**：指渔火照在枫树上，诗人见此景象引起了愁绪，难以入眠。 ③**姑苏城**：即今江苏省苏州城。因城西南有姑苏山而得名。**寒山寺**：在今苏州西枫桥附近。因唐代名僧寒山曾在此住过而得名。**夜半钟声**：唐代有些寺庙半夜敲钟，称为"半夜钟"、"定夜钟"，也叫"无常钟"。

导读

这是一首脍炙人口的名作，寒山寺因它而闻名天下。诗借写枫桥夜景，抒发诗人的羁旅之愁。

诗中先用渐渐黯淡的月色、若断若续的鸦鸣、布满夜空的白霜、黑魆魆的江枫、闪闪烁烁的渔火，写出枫桥秋夜景色，渲染了游子漂泊他乡的落寞凄凉气氛。然后在这凄凉、冷寂的氛围中，引出船上因愁难眠的诗人。正当他辗转反侧，愁绪万端，寒山寺的半夜钟声又掠过夜空传到了他的耳中。那清越的声音不但衬托出夜晚的宁静，更是重重地撞击着诗人孤寂的心灵，让人感到时空的永恒和寂寞，产生出有关人生和历史的无边遐想。这种动静结合的意境创造，非常典型地传达了中国诗歌艺术的韵味。

寒　夜

宋·杜　耒

寒夜客来茶当酒，竹炉汤沸火初红。①
寻常一样窗前月，才有梅花便不同。②

注释

①**竹炉**：外竹内泥的火炉。**汤沸**：指热水腾涌。汤，热水。

②寻常：平常。

导读

这首小诗写得别致，朴素淡雅，饶有意味。它描写了诗人在寒冬夜晚招待客人的情景。远客来访，温茶沸汤，火焰鲜红，使得一种融融暖意充盈心间，拂去了冬夜的寒意。随着诗歌从屋内向屋外的推进，读者的视野逐渐拓展。下面突然转到月，二人共举清茶，对月漫饮。于是发一番议论，月是最常见的月，只是因为有了梅花，月才显得不同。因为有了月色映照，梅花便别有风韵。诗人善于言情，也善于布景。他写窗外明月、梅花、屋内红火、热茶，加上主人客人窗前夜话，真是一幅雅致而又极富情趣的生活图画，使得一个寒气袭人的冬夜变得不同于往日，而是充满了温馨与和谐。

霜　夜

唐·李商隐

初闻征雁已无蝉，百尺楼南水接天。①

青女素娥俱耐冷，月中霜里斗婵娟。②

注释

①**征雁**：飞行的雁。大雁在阴历八月往南飞，飞到衡山时，已是第二年春天，又转头飞向北方。它总是随着气候的变化而不断迁移，故在文人笔下，称为征雁。**蝉**：俗名“知了”，活动在夏秋之交。所以听到空中飞雁鸣叫就听不到蝉鸣了。**水接天**：水天一色。形容月、霜和夜空的明朗。　②**青女**：主管霜雪的女神。**素娥**：月中嫦娥。**俱耐冷**：一样经得住冷。俱，一样。**斗**：比赛。**婵娟**：美好的容颜。

导读

这首诗抒写了秋夜登临近水楼台赏月的观感。首句蝉消雁鸣暗示深秋季节，次句写诗人欣赏夜景时所处的位置。无论是交代时间还是地点，都是为即将看到的景观作铺垫。紧接着，呈现在我们眼前的是一幅明朗单纯的景象，令人心旷神怡。诗写霜里月色，构思不同一般。诗人由霜、月明丽生辉的景色，想象出青女、素娥秋夜斗美的形象，不但写活了秋夜清静的美，还表现出了诗人对这种美的赞赏，这也是诗人美丽大胆的想象。同时也反映了诗人在浑浊的现实环境中追求美好、向往光明的迫切愿望，表现了他高标绝俗、孤芳自赏的情操。楼台、征雁和鸣蝉是生活中实有的东西，到诗的后一半，一跃而进入虚幻的神仙世界，而又浑然一体。诗笔极其灵动，不愧是一流的写诗高手。

梅

宋·王　淇

不受尘埃半点侵，竹篱茅舍自甘心。[①]

只因误识林和靖，惹得诗人说到今。[②]

注释

①**尘埃**：尘土，指人间追逐功名富贵的恶浊气氛。**侵**：侵蚀。**竹篱茅舍**：指贫寒人家。竹篱，用竹子编的篱笆。茅舍，用茅草盖的屋舍。　②**误识林和靖**：林和靖即林逋，林逋曾隐于杭州西湖孤山，植梅养鹤，不娶不仕。人们称他以梅为妻、以鹤为子。

导读

梅花、菊花和荷花，被人们称为花中的清品。这是因为菊傲霜，莲出污泥而不染，梅则是百花凋残后斗雪而开。古代诗人们写下了许多歌吟梅的诗篇，他们常把梅作为品格高洁的象征。这是一首咏物言志诗，诗人用自然之美来比照人之美。这首诗以拟人手法赞颂梅花一尘不染的本性和甘于清贫的品质。最后两句就林和靖“梅妻鹤子”的传说发出议论，很有点为梅打抱不平的意思。诗人用风趣的语言巧妙地维护了梅的纯贞。

当然诗中说的是梅花，又不是梅花，实际上说的是诗人自己，是借对梅花的吟咏，以表自己不慕荣利，淡泊自守的人生态度。

早　　春

宋·白玉蟾

南枝才放两三花，雪里吟香弄粉些。[①]

淡淡著烟浓著月，深深笼水浅笼沙。[②]

注释

①**南枝**：指南面向阳的梅枝。由于向阳，枝上梅花先开。**吟香弄粉**：写诗人在月下雪中玩赏梅花。吟，体味，玩味。香，梅的清香味。弄，赏玩。粉，指梅花的白颜色。**些**：句末语气助词。　②**著**：同“着”，附着。**笼**：笼罩。

导读

这是个乍寒乍暖的季节。诗人着重抓住雪地里和月光下两个典型环境来刻画梅花所独有的神韵，展现出月光、白雪、梅花交相辉映的迷人图景。向阳的梅枝上刚开了几朵花，天又下雪了。夜里雪停了，诗人乘着月色兴致勃勃地踏雪赏花。在诗人面前，地上雪白、头上月白、树上花白，他着意看花，也只有花影朦胧的感觉。只见那空中雾气、漫天月色浸润着那或淡或浓的白花，就像笼罩着一泓清水和一片沙滩一样。这首诗为历来评论家所称道。对句工整是此诗的特点之一，但对仗仅仅是技术性问题，此诗真正的佳妙之处是那自然的对仗所达成的特殊情韵。

雪梅二首(其一)

宋·卢梅坡

梅雪争春未肯降，骚人阁笔费评章。①
梅须逊雪三分白，雪却输梅一段香。②

注释

①**梅雪争春**：指冬天雪花飞扬、梅花竞放，各显异彩，好像它们都是为了争得春色而在比赛似的。**未肯降**：即没有肯认输的。**骚人**：诗人自指。**阁**：同“搁”，放置。**费**：费心。**评章**：评判，评论。

②**须**：虽。**逊**：差，不如。**白**：白色。

导读

这是一首富有哲理情趣的诗歌。

冬天，那漫天飞舞的雪片和雪中俏立的梅花，引起了诗人的兴趣。他出神地望着它们，觉得梅和雪好像是为了争得春色才出脱得如此精神。诗人用拟人的手法描绘了梅雪争春的事实，既赋予了雪梅活泼的生命力，又暗示了冬去春来的物候特征。于是诗人放下笔，认真地评判起来。他认为梅花虽白，终归逊雪三分。雪花虽白，却缺少梅花的一种清香。梅雪均佳，各有千秋。其实何止梅雪？任何事物都各有所缺，各有所长。从他的评判，我们似乎看到了诗人对着梅雪，仔细端详，反复推敲的形象。这两句诗由于形象性与哲理性高度统一，说理透彻，因而成为不朽名篇。

雪梅二首（其二）

宋·卢梅坡

有梅无雪不精神，有雪无诗俗了人。①

日暮诗成天又雪，与梅并作十分春。②

注释

①**精神**：这里作韵味解。**俗了人**：使人俗气，不高雅。 ②**并作**：合作，齐作。**十分春**：最美的春色。

导读

这首诗是对前一首诗的进一步发挥。诗人把梅、雪、诗同时引入诗歌，三者以各自的精神特质独立于世，却又相互融合，共同营造出春天的浓郁气氛。

在上首诗中，诗人还只是客观地评论梅和雪孰优孰劣，在这首诗中，诗人自己也加入了梅雪的行列。说如果只有梅花独放而无飞雪衬托，还是没有春光的韵味。有梅，有雪，如果没有诗，也会使人感到不雅。黄昏时我写出了诗，天又下起雪来，加上那傲雪的梅花，这才显出了最美的春色。从这首诗更可看出诗人赏雪、赏梅的着迷神态和他高雅、闲适的心境。

全诗表现出了自然与人的和谐统一，反映了诗人闲适的心情。

答钟弱翁①

宋·牧　童

草铺横野六七里，笛弄晚风三四声。②

归来饱饭黄昏后，不脱蓑衣卧月明。③

注释

①**钟弱翁**：名钟傅，饶州乐平（今江西省乐平市）人。生活在崇宁（公元1102年—公元1106年）前后。 ②**草铺横野**：指茂密的草像绿色的毯子一样铺满了郊野。横野，辽阔的郊野。**笛弄晚风**：指笛声在晚风中飘扬。弄，吹笛。 ③**蓑衣**：雨具名，用草或棕编织而成。**卧月明**：在明亮的月光下露宿。

导读

诗歌描述了牧童悠闲自在的生活，既是一首田园赞歌，又表达了对功名富贵的蔑视，与钟弱翁的追名逐利形成鲜明对比。诗的一、二句写田野风情，令人心旷神怡。后两句写牧童回家后的闲适生活。全诗文字浅显，颇具平民风格。在绿草如茵的郊野，一个孩子头戴斗笠，身披蓑衣，在那里放牛。天晚了，他骑着牛回家，偶尔拿出竹笛迎着晚风，吹出几支悠扬的曲子。回到家里，饱饱地吃一餐晚饭。天近黄昏，他连蓑衣也不脱，就露宿在明亮的月光下面。

泊秦淮[1]

唐·杜　牧

烟笼寒水月笼沙，
夜泊秦淮近酒家。[2]
商女不知亡国恨，
隔江犹唱《后庭花》。[3]

杜牧

杜牧，字牧之，号樊川居士，晚唐杰出诗人，尤以七言绝句著称。擅长文赋，其《阿房宫赋》为后世传诵。杜牧的文学创作有多方面的成就，诗、赋、古文都堪称名家。他主张凡为文以意为主，以气为辅，对作品内容与形式的关系有比较正确的理解，并能吸收、融合前人的长处，以形成自己独特的风貌。在诗歌创作上，杜牧与晚唐另一位杰出的诗人李商隐齐名，并称"小李杜"。

注释

①**秦淮**：秦淮河。 ②**笼**：笼罩。 ③**商女**：指卖唱的乐伎。**《后庭花》**：《玉树后庭花》的简称，为南朝陈后主陈叔宝所作。后人以此

曲为亡国之音。

导读

沈德潜在《唐诗别裁集》中评此诗为“绝唱”。诗人通过写夜泊秦淮的所见所闻，揭露了晚唐统治阶级沉溺酒色、醉生梦死的腐朽生活。全诗寓情于景，叙事抒情相结合。首句创造了悲凉的意境，茫茫沙月，迷蒙烟水，写出了江夜的萧瑟索寞。第二句上下承转，三、四句重在抒情，由“酒家”引出“商女”，由“商女”引出唱《玉树后庭花》的靡靡之音。从观感到听觉，叙事中有抒情，抒情中有议论，无情地揭露和鞭挞了达官贵人们的醉生梦死，诗人对晚唐衰败的隐忧之情也不言而喻。

归　雁[1]

唐·钱　起

潇湘何事等闲回？水碧沙明两岸苔。[2]
二十五弦弹夜月，不胜清怨却飞来。[3]

注释

①**归雁**：指由南方回到北方的大雁。《瑟曲》中有《归雁操》。钱起的《归雁》可能为《瑟曲》歌辞。　②**潇湘**：潇水和湘水。泛指今湖南省衡阳以北地区。相传大雁南飞，飞到衡阳回雁峰为止。**何事**：何故，什么原因。**等闲**：随便，轻易，无端。**两岸苔**：指潇水、湘水两岸长满了莓苔。　③**二十五弦**：指瑟这种乐器。瑟本为五十弦，天帝命素女鼓瑟，其声太悲，天帝经受不住，就破其瑟为二十五弦。**弹夜月**：在夜月下鼓瑟。**不胜**：不堪，禁受不住。**清怨**：曲调凄清哀怨。**却飞来**：指从潇湘返回北方。却，回、返。

导读

湖南衡阳市南有回雁峰，相传大雁飞到这里即折回北方。但这首诗却对大雁的北回提出了另一种原因：潇湘一带，“水碧沙明两岸苔”，本来是大雁栖息的理想之地，但由于湘水女神在月夜鼓瑟，凄清怨恨的乐曲声使大雁受不了，于是飞回老家。雁尚如此，人何以堪？那音乐征服人心的力量就可想而知了。诗中把大雁当作有感情的人物来写，写人雁对话内容，又不言人问雁答。不但构思精巧、语言凝练，而且耐人寻思，饶有余味。

诗人用这个归雁形象婉转地表露了宦游他乡的羁旅之思。全诗构思新颖，想象丰富，笔法空灵，含蕴婉转。

题　壁

唐・无名氏

一团茅草乱蓬蓬，蓦地烧天蓦地空。①

争似满炉煨榾柮，慢腾腾地暖烘烘。②

注释

①**蓬蓬**：散乱的样子。**蓦地**：突然发作，很快地。**空**：这里指火焰熄灭了。　②**争似**：怎似，哪里比得上。**煨榾柮**：指在炉中烧着的木柴块。榾柮，木柴块。

导读

这首诗可能是一位隐士或一位对世事变化看穿了的士大夫写的。我们可以把它理解成一位深谙世故的人写的隐喻诗。诗的作者不详，也许是个修行者，见惯了世间的翻云覆雨、变幻如棋。诗人即事设譬，用通俗的口语写下了这首小诗，以此警醒世人。

从体裁来说它是咏物诗，格调则近似打油诗，但含意很深刻。诗中有两个截然不同的意象。茅草一旦烧起来极之炽烈，很快就火势冲天，但迅速化为灰烬，“蓦地烧天蓦地空”一句，凝练地展现了这一情态。榾柮则大不相同，它“慢腾腾地暖烘烘”，火势不大，但持久燃烧，持久散发热量。前者是那些一朝得势便气焰冲天，作威作福的轻薄人士的写照；后者是自甘淡薄，甘于寂寞，脚踏实地的人的象征。诗形象地表现了他们的不同本质，鲜明地表达了爱憎感情。

七言律诗

早朝大明宫[①]

唐·贾　至

银烛朝天紫陌长，禁城春色晓苍苍。[②]
千条弱柳垂青琐，百啭流莺绕建章。[③]
剑珮声随玉墀步，衣冠身惹御炉香。[④]
共沐恩波凤池上，朝朝染翰侍君王。[⑤]

注释

①**早朝**：古代臣下早晨朝见皇帝。**大明宫**：唐代宫殿名，在长安，是皇帝接受群臣朝见的地方。　②**银烛朝天**：点起明烛去朝见天子。银烛，明亮的蜡烛。朝天，朝见天子。**禁城**：皇帝居住的宫城。**晓苍苍**：指天刚亮。晓，天亮。苍苍，深青色。　③**弱柳**：柔弱的柳枝。**青琐**：古代宫门上的装饰，刻成绿色的连环花纹，形似青琐，俗称亮隔。这里借指宫门。**百啭**：形容群鸟婉转鸣叫。啭，鸟儿婉转鸣叫。**流莺**：飞行不定的莺。**建章**：汉代宫殿名，在长安。这里借指大明宫。④**剑珮**：指朝臣身上佩带的剑和其他饰物，为礼服装束所必备。珮，指古人衣带上系的玉器等装饰品。**玉墀**：这里指宫殿前玉石做的台阶。墀，台阶上面的地面，又指台阶。**身**：自身。　⑤**沐**：蒙受。**恩波**：指帝王的恩泽。**凤池**：又叫凤凰池，即中书省，是掌管机要，发布政令的中央机构。**朝朝**：天天。**染翰**：以笔蘸墨汁写字。翰，毛笔。

导读

唐肃宗登基后，平定安史之乱，收复了长安，唐室呈“中兴”气象。当时朝中文臣，身罹战乱又复归和平，无不欢欣鼓舞、作诗歌颂升平。贾至这首诗就是写早朝时的盛况及自己的感恩之情，语句工整富丽。

这首诗写的是作者遵例去早朝的情景。首联第一句的“银烛”和“晓”字点明时间之早，气势很宏大，长长的京城大道上，朝见的行列燃着明烛前往皇宫，第二句从京城外转入对宫门内的描写，来到一片春色的宫城，天刚破晓，露出曙光，处处都是点明“早朝”二字。二联由宫城进入垂柳千条的宫门，这时黄莺绕着宫殿鸣叫，天已亮了。三联进一步描绘朝臣鱼贯踏上玉阶，来至殿前朝见的情景：一片肃静之中，只有轻微的剑珮之声可闻；从御炉里飘出的缕缕香气弥漫衣冠之上，这表明离皇帝很近。虽未正面表现朝见的仪式，但已把气氛的肃穆，场景的隆盛，完全烘托出来了。尾联归结到作者自己，身为中书舍人，退朝以后又替皇帝起草诏书，天天以文字侍奉君王，表现了一种少年得志的心情。全诗由远及近，由外到内，有条不紊地再现了唐代大明宫早朝的外景。

和贾舍人早朝①

唐·杜　甫

五夜漏声催晓箭，九重春色醉仙桃。②
旌旗日暖龙蛇动，宫殿风微燕雀高。③
朝罢香烟携满袖，诗成珠玉在挥毫。④
欲知世掌丝纶美，池上于今有凤毛。⑤

注释

①和：按照对方所写诗词的内容或格律进行酬和。这一首与以下

几首和贾至的诗，都是从内容上唱和，用韵并不相同。**贾舍人**：指贾至。舍人，即中书舍人的省称。②**五夜**：又叫五更，五鼓。古代计时，将一夜分为五更，这里指第五更，即拂晓时。**晓箭**：清晨的时刻。古代计时的漏壶上所刻的标志叫箭。这句说，更漏已指向第五更，催促着早晨的迅速来到。**九重**：本指天上，这里指帝王居住的地方。**仙桃**：天上的桃树，这里指宫中所种桃树。 ③**龙蛇**：帝王仪仗中的旗帜，上面绣有龙蛇图案。**燕雀**：泛指小鸟。 ④**朝罢**：朝见已毕。**香烟**：宫殿香炉里散出的芳香烟云。**诗**：指贾至《早朝大明宫》一诗。**珠玉**：比喻文词的珍贵华美。**挥毫**：运笔。毫，毛笔。 ⑤**世掌**：世代执掌。**丝纶**：帝王的诏命。**池**：凤凰池，即中书省。**凤毛**：比喻稀有的人才。

和

“和”(hè)是指作诗与别人相酬和，也称唱和。大致有以下四种方式：1.和诗，只作诗酬和，不用被和诗的原韵；2.依韵，亦称同韵，和诗与被和诗同属一韵，但不必用其原字；3.用韵，即用原诗韵的字而不必顺其次序；4.次韵，亦称步韵，即用其原韵原字，且先后次序都须相同。

导读

这是针对前一首应制诗而作的唱和诗，都是围绕“早朝”而展开，但侧重点各有不同。

一、二句写皇宫的五更景色，“醉仙桃”意即像是红了的仙桃那样美，这是对朝霞沐浴下的皇宫的比喻。三、四句写朝阳映照着的皇宫，旌旗飘扬，燕雀趁着微风在殿中高飞，一片祥和景象，这其实是对皇帝的奉承。五、六句写早朝结束之后，“香烟携满袖”喻说承受了皇恩，“诗成珠玉在挥毫”是说贾至写出了好诗。最后两句赞扬贾至能继承其父的事业，大有作为，这是典型的应酬之作。

和贾舍人早朝

唐·王　维

绛帻鸡人报晓筹，尚衣方进翠云裘。[①]
九天阊阖开宫殿，万国衣冠拜冕旒。[②]
日色才临仙掌动，香烟欲傍衮龙浮。[③]
朝罢须裁五色诏，佩声归到凤池头。[④]

注释

①**绛帻**：红色的头巾。**鸡人**：宫中报晓的人。**筹**：更筹，夜间计时的用具。**尚衣**：官名，唐有尚衣局，掌供皇帝衣冠几案。**翠云裘**：绣有绿色云彩花纹的皮衣。　②**九天**：借指皇宫。**万国衣冠**：各国派来朝见皇帝的使臣。**冕旒**：古代天子、诸侯、卿大夫的礼冠。　③**仙掌**：即掌扇，又叫障扇，帝王仪仗中的长柄遮阳扇。　④**五色诏**：古代皇帝的诏书、文告等，用五色纸写。

导读

王维这一首和诗，选择了另一角度来描写，即从表现宫廷的生活入手，正面描绘了皇帝临朝的情景。首联由鸡人报晓，写到皇帝更衣的起居仪式，繁缛隆重。颔联着力表现早朝场面的盛大堂皇；颈联进一步细致地描写早朝仪式的庄严、隆重、华贵。如果说颔联是从大处着笔，那么颈联则是从细处落墨，大处见气魄，细处显尊严，互相补充，相得益彰，让人如同亲临其境。“临”和“动”充分显示出皇帝的骄贵。尾联赞颂贾至作为皇帝的近臣而受宠显达。这首诗不和其韵，只和其意。用语堂皇，造句伟丽，格调和谐，别具艺术特色。全诗气象阔大，浓丽典雅。

和贾舍人早朝

唐·岑　参

鸡鸣紫陌曙光寒，莺啭皇州春色阑。①
金阙晓钟开万户，玉阶仙仗拥千官。②
花迎剑珮星初落，柳拂旌旗露未干。③
独有凤凰池上客，阳春一曲和皆难。④

注释

①**紫陌**：京城中的大道。**皇州**：京城长安。　②**金阙**：金殿，指大明宫。**仙仗**：早朝时宫中的仪仗。　③**剑珮**：指朝臣身上佩带的剑和其他饰物，为礼服装束所必备。　④**凤凰池**：指中书省。

大明宫

大明宫是唐代长安城禁苑，位于城东北部的龙首原，是唐王朝的政治中心。大明宫周长 7.6 多公里，面积约 3.2 平方公里，为北京故宫的四倍；共 11 个城门，东、西、北三面都有夹城；南部有三道宫墙护卫，墙外的丹凤门大街宽达 176 米。大明宫是唐代最为宏伟的宫殿建筑群，同时也是世界史上最宏伟和最大的宫殿建筑群之一。

导读

奉和应制之作，往往写得雍容华贵，庄重典雅，缺乏深刻的思想内容。但这类诗歌讲求语言华美，韵律和谐，对仗工整，在诗歌艺术的形式美方面，不无可取之处。这一首和诗写百官早期，由远而近，从大处落笔，通过渲染春日清晨景色的明媚和煦来表现兴盛的气象。第三联的描写尤具特色，诗人别出心裁，通过自然景物来烘托朝仪，清新不俗。诗中用词紧扣“早”和“朝”二字。如以鸡鸣、曙光、晓钟、星初落、露未干等写“早”，以金阙、玉阶、仙仗、千官、剑佩、旌旗写“朝”，都较准确恰切。

上元应制[1]

宋·蔡　襄

高列千峰宝炬森，端门方喜翠华临。[2]
宸游不为三元夜，乐事还同万众心。[3]
天上清光留此夕，人间和气阁春阴。[4]
要知尽庆华封祝，四十余年惠爱深。[5]

上元观灯

农历正月十五日为上元节，也就是今天的元宵节，早在两千多年前的西汉就已存在。元宵赏灯始于东汉明帝时期。明帝提倡佛教，听说佛教有正月十五日僧人观佛舍利、点灯敬佛的做法，就命令这一天夜晚在皇宫和寺庙里点灯敬佛，令士族庶民都挂灯。以后这种佛教礼仪节日逐渐形成民间盛大的节日。除观灯习俗外，明清以来又发展出舞龙、舞狮、跑旱船、踩高跷等“百戏”活动。

注释

①**上元**：节日名，又叫元宵，指农历正月十五。**应制**：应诏，即奉皇帝之命写作诗文。　②**千峰**：古代元宵灯景，把灯彩堆叠成一座座山，像传说中的巨鳌形状，叫做鳌山。千峰是形容鳌山灯景上峰峦重叠的样子。**宝炬**：珍贵华丽的蜡烛。**森**：排列耸立。**端门**：宫殿的正门。**方**：正。**翠华**：帝王仪仗中一种，用翠鸟羽毛作装饰的旗子。这里指皇帝车驾。**临**：降临。古代制度，元宵节皇帝要登上宫门门楼，接受臣民朝见。　③**宸游**：皇帝出游。宸，帝王宫殿，亦指帝王。**三元**：指农历正月、七月和十月的十五日。**乐事**：欢乐的事。　④**清光**：明亮的月光。**留**：逗留。**此夕**：今夜。**和气**：指春天温暖和融的气息。**阁**：同“搁”，停留。**春阴**：春天的花木荫处。　⑤**华**：华州，今陕西省华县。**封**：封人，即典守华州封疆的人。**四十余年**：指宋仁宗在位四十多年。**惠爱**：恩惠仁爱。

导读

元宵节是我国的传统佳节。诗中描绘了盛世上元节灯会的宏大场面与热闹非凡，盛赞皇帝与民同乐。这首应制诗是为皇帝歌功颂德而作，虽然内容无甚可取，但诗歌采用的铺排手法尽显普天同庆的热闹，读来栩栩如生，形象逼真。

上元应制

宋·王　珪

雪消华月满仙台，万烛当楼宝扇开。①
双凤云中扶辇下，六鳌海上驾山来。②
镐京春酒霑周宴，汾水秋风陋汉才。③
一曲升平人尽乐，君王又进紫霞杯。④

注释

①**华月**：灿烂的月光。**仙台**：指皇宫的楼台。**当楼**：正在楼中间。**宝扇开**：掌扇在皇帝身后两边分开。　②**辇**：古代用人推挽的车，特指皇宫帝后所乘。**鳌**：传说中的海龟。古代传说，东海有方丈、蓬莱等仙山，因无根在水中，故在海面飘浮，上帝就派巨鳌托住仙山，始能峙立。　③**镐(hào)京**：古代西周的国都，在今陕西省西安市西南。**霑**：分沾恩泽。**周宴**：这里用周武王在镐京大宴群臣的典故，借指群臣赴皇帝的元宵夜宴。**汾水**：河名，在山西省中部。**秋风**：即秋风辞。汉武帝巡游到山西，在汾水之上与群臣宴饮，自作秋风辞。这里用来指君臣即席赋诗的盛况。**陋**：鄙视。**汉才**：指汉代君臣的才华。④**一曲升平**：指宫廷乐官演奏歌颂太平的乐曲。**君王又进**：又给君王进奉。**紫霞杯**：用琥珀做的酒杯，花色像紫霞。

导读

这首诗题材、主题与前一首相同，但却写得较为活泼清新。

一、二句描绘了月满楼台，在千万支烛光下，皇帝到来的严肃壮观情景。三、四句描绘皇帝到来的具体情况。第五句将皇帝赐宴比作周朝皇帝在镐京赐宴，言下之意是今天的皇帝像周朝皇帝那样英明伟大。第六句追写汉武帝在汾水与群臣饮宴作《秋风辞》一事，并通过一个"陋"字，表明今天君臣的诗才超过了当时。最后两句写君臣在祝颂升平的乐曲声中饮宴，特别写皇帝再饮一杯，以表现他满怀高兴的情态。这是公式化的结语，直接为君王粉饰太平。"仙台""宝扇""双凤""六鳌"烘托出皇家气派，无与伦比。

侍　宴

唐·沈佺期

皇家贵主好神仙，别业初开云汉边。①
山出尽如鸣凤岭，池成不让饮龙川。②
妆楼翠幌教春住，舞阁金铺借日悬。③
敬从乘舆来此地，称觞献寿乐钧天。④

注释

①**贵主**：公主的别称。**别业**：别墅。**初开**：新近落成。**云汉**：银河，指别墅建在山顶，高耸入云。　②**山出**：指别墅假山突起。**鸣凤岭**：山名，在陕西省凤翔市。传说周朝兴起时，有凤鸣于此山。**池成**：指别墅水池建成。**饮龙川**：即渭水，在陕西境内。　③**"妆楼"句**：室内垂着绿色的帘幕，温暖如春，就像让春天驻留在这儿一样。妆楼，妇女梳妆和休息的楼房。翠幌，绿色的帘幕。**舞阁**：演出歌舞的小楼。**金铺**：又叫铺首，门上铜制的装饰，用以安放门环。　④**乘舆**：帝王的车驾。舆，车子。**称觞**：举杯。称，举起。觞，酒杯。**献寿**：敬酒祝寿。**乐**：奏乐。**钧天**：传说中天官的音乐，后遂指帝王的音乐。

导读

这首诗是诗人跟随唐中宗一起游览安乐公主的新府邸时应景而作。

"好神仙"即信奉神仙，次句说刚建成的别墅高耸入云。第二联描绘了它的环境：山势像鸣凤岭那样优美，水池不比渭水逊色。第三联写别墅建筑的壮美；妆楼翠幔重重，引得春色长驻，舞阁门上的金饰耀眼夺目，与阳光辉映。最后两句说自己恭敬地跟随皇帝的车驾来这里，在美妙的乐曲声中高举酒杯祝寿。诗歌采用了夸张、铺陈的手法刻绘出公主新宅的富丽豪华，也在一定程度上揭露了公主的奢侈生活。

答丁元珍①

宋·欧阳修

春风疑不到天涯，二月山城未见花。②
残雪压枝犹有橘，冻雷惊笋欲抽芽。③
夜闻啼雁生乡思，病入新年感物华。④
曾是洛阳花下客，野芳虽晚不须嗟。⑤

注释

①**答丁元珍**：这是作者被贬为峡州夷陵（今湖北省宜昌市东）县令时酬答丁宝臣的诗。丁宝臣字元珍，当时正做峡州判官。 ②**疑**：诗人自己怀疑。**天涯**：泛指遥远的地方。夷陵当时属边远小城。**山城**：指夷陵。 ③**残雪**：指去冬的余雪。**压枝**：压在枝头。**犹有**：还有。**橘**：夷陵多橘树，性耐寒。**冻雷**：冷雷。山城春寒，连雷声也显得寒冷。**惊笋**：惊起地里的春笋。竹笋亦为夷陵特产。**欲**：正、刚刚。**抽芽**：指春笋芽向上长，伸出地面。 ④**啼雁**：春天南归的雁。**生**：产生。乡

闻啼雁生乡思

汉朝时，苏武出使匈奴，被匈奴单于流放于北海牧羊。十年后，汉朝与匈奴和亲，但单于仍不让苏武回汉。与苏武一起出使匈奴的常惠，把苏武的情况密告汉使，并设计让汉使对单于说，汉朝皇帝打猎射得一雁，雁足上绑有书信，信上说明苏武在某个沼泽地带牧羊。单于听后，只有让苏武回汉。后来，人们就用鸿雁比喻书信或传递书信的人，远在家乡之外的人听到雁的叫声更是思乡不止。

思：怀念故乡的心情。**病入新年**：疾病伴随着自己进入新的一年。**感物华**：看到眼前的风光景物，不胜感触。物华，美好的景物。 ⑤**洛阳**：北宋时的陪都，在今河南省。**花下客**：当时洛阳园林花木十分繁盛，特别以名贵的牡丹花最为著名。客，指诗人自己和丁宝臣。诗人曾在洛阳做过留守推官。**野芳**：野花。**晚**：指花开得迟。**嗟**：叹息。

导读

首联破"早春"之题，点出写诗的时间、地点和山城的早春气象，流露出诗人被贬后的抑郁情绪。夷陵是有名的橘乡和竹乡，诗人抓住山城二月最典型的景物展开描写，呈现出一幅早春画卷。二联直接写景，残雪冬橘，红白交辉；嫩笋新出，透露春意。描绘出一幅山城特有的早春风光，诗人借这种生机勃勃的景象来暗喻自己并不悲观。三联借景抒情，感时伤怀，借乡思旅愁的抒发，曲折地反映出作者政治上的失意和挫折。尾联说自己曾在洛阳的名花异卉前盘桓过，对这山城野花的迟迟开放，也就无所谓了。这两句虽是自宽自解，仍然表现了一种无可奈何的感伤情绪。全诗含蓄婉转，富有情致，写景清新自然，真切地反映了他当时的心态。

插花吟①

宋·邵　雍

头上花枝照酒卮，酒卮中有好花枝。②
身经两世太平日，眼见四朝全盛时。③
况复筋骸粗康健，那堪时节正芳菲。④
酒涵花影红光溜，争忍花前不醉归。⑤

注释

①**插花**：头上戴花。古代男女老少都有在头上戴花的习惯。**吟**：诗歌体裁的一种。 ②"**头上**"**二句**：头上的花枝映照在酒杯里，花

枝花影互相辉映。卮，古代盛酒的器皿，亦泛指酒杯。 ③**世**：古代以三十年为一世。**四朝**：指宋朝的真宗、仁宗、英宗和神宗四个皇帝。④**况复**：况且又。**筋骸**：筋骨。**粗**：大致。**那堪**：更兼，加之。**时节**：季节。**芳菲**：形容春光美好。 ⑤**涵**：包含。**溜**：浮动。**争忍**：怎么舍得。争，怎么。

导读

邵雍虽是个隐士，却有着浓厚的世俗观念。诗人身处北宋太平之时，国势强盛，一种心满意足的感觉油然而生。但同时，诗人追求自由，忘却尘欲的归隐之心并未消减，因而在诗中流露出恋世与退隐两不舍的矛盾。诗开头两句表现了边饮酒边赏花的快乐，三、四句叙写自己的经历，以下几句意思是自己身体健康，加上现在正值花木芳菲时节，面对酒涵花影的美景怎能不饮个醉？此诗语言浅白，以重叠回环的字眼和通俗口语来表现老人心满意足、开朗乐观的情怀。这首诗艺术上有一定特色，诗的首、尾联都以插花饮酒、花酒相映起、结，前后呼应，形象鲜明生动。

寓　　意①

宋·晏　殊

油壁香车不再逢，峡云无迹任西东。②
梨花院落溶溶月，柳絮池塘淡淡风。③
几日寂寥伤酒后，一番萧索禁烟中。④
鱼书欲寄何由达？水远山长处处同。⑤

注释

①**寓意**：有所寄托，但在诗题上又不明白说出。一作《无题》。②**油壁香车**：古代妇女所乘的轻便小车，车壁用油涂饰。香车，华丽的车子。**峡云**：巫山峡谷上的云彩。**迹**：踪迹。**任西东**：任凭峡云漂

泊到哪里，暗示对方行踪不明。 ③**梨花院落**：开着梨花的庭院。**溶溶**：水流的样子，形容月光如水。**柳絮池塘**：飘着柳絮的池塘。④**几日**：有些时候。**寂寥**：寂寞空虚。**伤酒**：饮酒过量导致身体不适。**萧索**：萧条冷落。**禁烟**：指寒食和清明。 ⑤**鱼书**：古人常将鱼、雁比作传递书信的使者。**何由达**：怎样能够送到。**处处同**：这里是说到处都同样为山水所阻隔。

这是一首表现爱情生活的诗，诗里寄托了诗人爱情上的怀念和忧伤。诗人以巫山神女暗喻自己所爱的人，对方可能是歌妓一流的人物。但诗人的爱情是真诚的。首句“油壁香车”透露出一种富贵气息，借指美丽的青年女子。“不再逢”、“任西东”说明诗人对女子离别后无处可寻的哀叹。二联回忆起两人在花前月下相聚的幸福时刻，虽只点出时间、地点，但却融情于景，留给人以丰富的想象。三联写别后相思之苦，也苦于不能直接表达，而是通过感时伤怀，借酒浇愁加以抒发，意在言外。尾联表示重逢无望，寄书无门，不仅有山川的阻隔，而且处处有人为的重重障碍，感情是含蓄的，但痛苦是深沉的。这说明在那个时代里，男女追求真实平等的爱情，是不可能的。全诗风格清新流畅，写得典雅精巧，情真意切，没有一般爱情诗那种绮丽浓艳的色彩。

寒食书事[①]

宋·赵　鼎

寂寞柴门村落里，也教插柳纪年华。[②]

禁烟不到粤人国，上冢亦携庞老家。[③]

汉寝唐陵无麦饭，山溪野径有梨花。[④]

一樽竟藉青苔卧，莫管城头奏暮笳。[⑤]

注释

①**书事**：记事。书，记载。②**寂寞**：这里指荒凉冷落。**村落**：村庄。**也教**：也得。**插柳**：古代风俗，寒食这一天，要在大门上插上柳枝。**纪**：记载，标志着。**年华**：时光，时节。 ③**粤人国**：广东广西等地，古代为偏僻之地，寒食节没有禁烟火的风俗。**家**：上坟扫墓。**庞老**：即庞德公，东汉襄阳（今湖北省襄阳市）人，隐居在岘山种田。荆州刺史刘表几次请他出来做官，他不肯，就带上全家到鹿门山中采药去了。一次，另一个隐士司马徽来看他，正逢他上坟扫墓回来。这里指村民们举家上坟。**家**：家眷。④**汉寝唐陵**：泛指历代帝王的坟墓。寝，陵墓上存放帝王衣冠的宫殿。陵，帝王的陵墓。**麦饭**：用磨过的麦子连皮做成的饭。古代民间上坟，多用麦饭祭祀死者。**山溪**：山谷中的溪流。**野径**：野外小路。 ⑤**樽**：盛酒的器皿。**竟**：完，指酒饮完。**藉**：垫着。**笳**：古代北方的一种吹奏乐器，类似笛子，军中多以吹笳来报时。

寒食禁火

寒食节也称“禁烟节”、“冷节”，一般在清明节前一天。相传此俗源于纪念春秋时晋国介之推。当时介之推与晋文公重耳流亡列国，割股肉供文公充饥。文公复国后，之推不求利禄，与母归隐绵山。文公焚山以求之推出山，之推不出，抱树而死。文公于是下令于之推焚死之日禁火寒食，以寄哀思。在后世的发展中，又逐渐增加了祭扫、踏青、秋千、蹴鞠、拔河、斗卵等风俗。到唐宋后，寒食节已渐渐地融于清明节之中。

导读

这是诗人贬官粤地时逢清明而作。虽然粤地的清明习俗有些不同，但扫墓祭祖却是一样的，诗人触景生情，感慨万千。前两联叙事，表现了这个穷乡僻壤的人民宁静而淳朴的生活。后两联于叙事之中，寄寓着无限感慨。从村民们热热闹闹，举家上坟，进而联想到历代帝王陵墓时过境迁，无人凭吊，连一碗麦饭的祭祀也享受不到。这个鲜明的对比，反映出诗人政治上遭受挫折之后，轻视功名利禄，向往山村生活的心情。尾联描写诗人醉卧青苔，懒听暮笳召唤，于豪放旷达之中，流露出内心的愤懑和不平。

此诗语言朴实，寓感情于叙事写景之中，有较强的感染力。这是一位资深政治家的悲愤之歌，读来令人扼腕叹息。

清　　明

宋・黄庭坚

佳节清明桃李笑，野田荒冢只生愁。①
雷惊天地龙蛇蛰，雨足郊原草木柔。②
人乞祭余骄妾妇，士甘焚死不公侯。③
贤愚千载知谁是，满眼蓬蒿共一丘。④

注释

①**桃李笑**：形容桃花、李花盛开。**荒冢**：无主的坟墓。　②“雷惊”句：春雷震动天地，龙蛇也从蛰伏的地方惊起。龙蛇，指各种爬行动物及虫类。蛰，动物冬眠。**郊原**：郊外的原野。**柔**：初生而柔嫩。　③**人**：有的人。**祭余**：祭祀用过的食物。**妾**：小老婆。**妇**：妻子。**士**：旧指读书人。**甘**：甘愿。**不公侯**：不做公侯。　④**是**：对，正确。**蓬蒿**：杂草。**共**：都是。**丘**：土坟。

导读

这首诗构思新颖，是黄庭坚晚年之作，所以在表现手法上格外苍劲成熟，是典型的江西派诗。诗写清明节所见所思。首联一句描述春天桃李烂漫，春意盎然的景象；一句写郊野荒冢，凄凉愁怨的氛围，两句都切合清明，但一句较轻快，一句较低沉，对比强烈，在一联中创造两个截然不同的意境，是黄庭坚写诗的特色。二联笔锋一转，展现了自然界万物复苏的景象，正与后面两联的满眼蓬蒿荒丘，构成了强烈的对比。由清明扫墓想到齐人乞食，由寒食禁烟想到介之推焚死，不论贤愚，到头来都是一抔黄土。诗人看到大自然的一片生机，想到的却是人世间不可逃脱的死亡的命运，表达了一种消极虚无的思想，悲凉的情绪缠绕于诗行间。这与诗人一生政治上的坎坷以及他所受的禅宗思想的浓厚影响是分不开的。

清　明

宋·高　翥

南北山头多墓田，清明祭扫各纷然。①
纸灰飞作白蝴蝶，泪血染成红杜鹃。②
日落狐狸眠冢上，夜归儿女笑灯前。③
人生有酒须当醉，一滴何曾到九泉。④

注释

①纷然：众多。　②纸灰：为死者烧化纸钱的灰烬。“泪血”句：传说杜鹃常常鸣叫到嘴中流血，还不停止。后遂以此形容人的哭泣。③夜归：指扫墓的人晚上从坟上回来。④九泉：旧指地下，阴间。

九泉

古代劳动者从打井的经验中获知：当掘到地下深处时，就会有泉源。地下水从黄土里渗出来，常常带有黄色，所以古人就把很深的地下叫做“黄泉”。古时有种迷信，认为人死后要到“阴曹地府”去，“阴曹地府”在很深的地下，于是就把“九”字和“泉”字相搭配，成为“九泉”。

导读

这首写清明的诗，以别具一格的讽刺手法,透过生活的表面现象，在一定程度上揭示了封建宗法关系及礼教的虚伪性。前两联用夸张的描写，渲染坟前祭扫的热闹、隆重和悲痛的气氛，正是为了反衬后两联所揭示的冷酷现实：白天，热闹的场面结束了，坟地里死一般的荒凉和恐怖，只有狐狸出入安眠；而在家里，孩子们在灯前嬉笑，早已把长眠地下的亲人，忘得干干净净。尾联由此得出结论，既然如此，不如及时行乐，开怀畅饮，照应了主题。

郊行即事[1]

宋·程 颢

芳原绿野恣行时，春入遥山碧四围。[2]
兴逐乱红穿柳巷，困临流水坐苔矶。[3]
莫辞盏酒十分劝，只恐风花一片飞。[4]
况是清明好天气，不妨游衍莫忘归。[5]

注释

①**郊行**：郊游。**即事**：对当前的事物有感于事的诗，多用即事标题，故又称即事诗。 ②**恣行**：尽情游赏。**遥山**：远山。 ③**兴**：乘兴，随兴。**乱红**：指落花。**困**：困倦。**临**：面对。**苔矶**：长满青苔的水中石滩。 ④**盏**：小杯。**十分劝**：这里指深饮。**“只恐”句**：暮春繁花将尽，所以诗人对残存的花朵非常爱惜，生怕风吹掉了一片花瓣。 ⑤**游衍**：游玩流连。**莫**：同“暮”。

导读

这首诗是诗人春游郊外有感而作，描绘了碧树满目，花瓣飘飞的春景，抒写了清明时节随意漫游，尽情观赏的快乐。首联写郊外春色正浓，浓到极处，春即将暮，与后面乱红落花的暮春景色前后呼应。但诗人并没有伤春之感，而是对眼前的春光倍加爱惜，恣意游赏。二、三两联细致刻画了一个年事已高，犹有童心的诗人形象，表现了他随顺性情，陶冶春光的情趣，以及他对自然纯真的精神境界的追求。该诗反映了诗人及物穷理，自强不息的精神。末句虽为否定句，实为肯定之意，诗人流连于春色，即使是乐而忘返也无妨。全诗由远及近，动静互衬，将诗人的乐春之情淋漓尽致地体现了出来。

秋　千

宋・僧惠洪

画架双裁翠络偏，佳人春戏小楼前。①
飘扬血色裙拖地，断送玉容人上天。②
花板润沾红杏雨，彩绳斜挂绿杨烟。③
下来闲处从容立，疑是蟾宫谪降仙。④

注释

①**画架**：有图画装饰的秋千架。**裁**：剪下。**翠络**：绿色的丝绳。②**“飘扬”句**：美人鲜红色的裙子随着秋千飘扬，拖到地面。血色，鲜红色。**断送**：牵引，推送。**玉容**：容貌美丽。③**花板**：秋千上画有花纹的踏板。**红杏雨**：像雨一样落下的杏花花瓣。④**闲处**：幽静之处。**蟾宫**：月宫。**谪**：贬降。这里指仙女被罚下凡。

导读

在这首诗里，诗人用工细的笔触，生动地描绘出一幅仕女戏秋千图。首句极言秋千之精致美丽，暗示出女主人公的高贵身份，由此引出在小楼前嬉戏的佳人。三、四句描绘出秋千上下摆动中美人神采奕奕的场面。颈联是景物描写，在烟雨笼罩，如梦如幻的情境中，美人神采更是令人怦然心动。尾联戛然而止，由动态马上转入静态，突出了美人飘然而下，从容悠闲的风韵，就像广寒宫的仙子，为这幅画图勾勒了最后的一笔。这与颔联形成鲜明对比，所谓“动若脱兔，静如处子”。全诗从“秋千”着眼，由“秋千”带出“佳人”，由“佳人”衬出“秋千”，二者相辅相成，熔于一炉。

诗人是一位和尚，但这首诗色彩鲜明，内容绮丽，充满了生活情趣，可见他还未忘人间之乐，凡心尚存。

曲江二首(其一)[1]

唐·杜　甫

一片花飞减却春，风飘万点正愁人。[2]
且看欲尽花经眼，莫厌伤多酒入唇。[3]
江上小堂巢翡翠，苑边高冢卧麒麟。[4]
细推物理须行乐，何用浮名绊此身。[5]

注释

①**曲江**：即曲江池，在今陕西省西安市东南，汉武帝时所建，以水流曲折而得名，唐玄宗开元年间，曲江为京都的游览胜地。 ②**“一片”二句**：落下一片花瓣都要减掉春色，现在风吹花落将尽，实在使人烦恼。减却春，减掉春色。万点，形容落花之多。 ③**且看**：但看。**欲尽花**：将要落尽的花。欲，将。**经眼**：打眼前经过。**伤多酒**：过量的酒。伤，过度，过量。 ④**小堂**：指曲江的楼堂建筑。**巢**：鸟做窝。**翡翠**：鸟名，嘴长而直，有蓝色和绿色的羽毛，羽毛可做装饰品。**苑**：指唐代的宫苑芙蓉苑，又叫芙蓉园，在曲江西南。**卧麒麟**：古代帝王及贵族坟墓的墓道两旁，都立有石兽。 ⑤**推**：推究。**物理**：事物盛衰变化之理。**浮名**：虚名。**此身**：指自己。

导读

这是诗人在经历了安史之乱后写的伤春感怀诗。动荡的社会现实和恶劣的政治环境使诗人的理想抱负尽皆落空，内心十分痛苦。开头两句说一片花瓣飞坠，即意味着春色减少一分，万点花飞更使人忧愁，表达了伤春的情怀，句子很精警。三、四句的意思是：姑且看着花瓣从眼前几乎飘落尽，但不因为伤心而不饮酒。言下之意是不因春天的逝去而心神颓丧，情绪与上两句不同。五、六句描绘了两幅相关的图景：翡翠鸟在江边的空堂里筑巢，贵人大墓前的石麒麟卧倒地下。句中充满了寂寞凄凉的情味，为下两句诗作铺垫。最后笔锋一转，得出及时行乐的慨叹，事实上也只是诗人聊以自慰而已。

情绪曲折起伏，但主调是消极的，事出有因。当时他担任谏官（左拾遗），因上书救大臣房琯，招致唐肃宗发怒、疏远，所以满怀悲忧。不久被降职，“浮荣”被减少几分了。

曲江二首（其二）

唐·杜　甫

朝回日日典春衣，每日江头尽醉归。①

酒债寻常行处有，人生七十古来稀。②

穿花蛱蝶深深见，点水蜻蜓款款飞。③

传语风光共流转，暂时相赏莫相违。④

注释

①**朝回**：去皇宫上朝后退朝回家。**典**：典当，即拿实物去当铺抵押现金，对方收取利息。　②**酒债**：赊欠的酒钱。**寻常**：随便。**行处**：走到的地方。　③**穿花蛱蝶**：在花丛中穿行的蝴蝶。**深深见**：忽隐忽现。深深，隐。见，同“现”。**点水蜻蜓**：蜻蜓一蘸水面就飞起，故称点水。**款款**：缓缓。　④**传语**：传话给。**风光**：春光。**共流转**：在一起逗留盘桓。**相赏**：指与春光共同赏玩。**相违**：互相分开。

导读

这首诗和上一首诗是组诗，前者侧重于描述诗人的仕途失意和内心苦闷，后者着力于描写诗人生活上的困顿与窘迫。诗歌截取了典当春衣和背负酒债这两个生活画面，是对诗人生存现状的真实写照。前四句说自己每天都饮酒，为此每天都典当衣服，还欠了许多酒债；因为“人生七十古来稀”，生命太短暂，所以得及时行乐。五、六两句情绪急转，通过刻画蝴蝶、蜻蜓飞舞的情态来表现蓬勃的春天。这两句诗描写物态细致而传神，而且饱含着感情，所以成为传诵千古的名句。最后嘱咐春光，希望能与它一起流连盘桓，哪怕只是短时间也互相欣赏，彼此不要背离。这是“痴语”，但真切地表达了对春光的热爱、留恋。

这两首《曲江》都是游曲江的观感，诗人写作时满怀抑郁。他常常醉酒，流连春光，正是为了排除这种心绪。在人们的印象中，杜甫历来是忧国忧民、沉郁顿挫的，他怎么会说这样不够进步的话？原来在乾元元年（公元 758 年）他在都城任左拾遗时，眼看形势日奄奄，房琯、贾至等人先后被贬逐，杜甫本人也岌岌可危，难怪他情绪低落，看到“一片飞花”就觉得春光已经被减去若干了。

黄鹤楼①

唐·崔　颢

昔人已乘黄鹤去，此地空余黄鹤楼。②
黄鹤一去不复返，白云千载空悠悠。
晴川历历汉阳树，芳草萋萋鹦鹉洲。③
日暮乡关何处是，烟波江上使人愁。④

注释

①**黄鹤楼**：旧址在今湖北省武汉市蛇山的黄鹄矶头。　②**昔人**：指传说中来过黄鹤楼的仙人。**黄鹤**：指仙人所乘的黄鹤。空：徒然。③**汉阳**：今湖北武汉汉阳区。**鹦鹉洲**：据《清一统志》载：“湖北武昌府，鹦鹉洲在江夏县西南二里，祢衡墓在鹦鹉洲，今沦于江。”东汉末年，黄祖杀祢衡而埋于洲上，祢衡曾作过《鹦鹉赋》，后人遂称其洲为鹦鹉洲。　④**乡关**：故乡。

导读

这是一篇“擅千古之奇”的览胜名作。这诗前半部分写凭吊之感，后半部分写登楼所见的景色和因凭吊而生的乡情。前半部分虚写：仙人既不可见，鹤去楼空，只有空中白云，千载悠悠，概括地写出了黄鹤楼古今的变化。有一种迷茫之感，同时也表现了诗人登楼时古人不可见的寂寞心情。这四句是一气贯注，顺其笔势，旋转而下。后半部分实写登楼时的所见所感：诗人从视野的远处着笔，先写汉阳一带，晴空万里，绿树成阴，历历在目。再看鹦鹉洲上，芳草繁茂，碧绿如茵。俯瞰长江，暮色苍茫，烟霭沉沉，诗人触景生情，勾起了淡淡的乡愁。全诗一气贯注，格调优美，为历代诗人的所赞叹。

旅　怀①

唐·崔　涂

水流花谢两无情，送尽东风过楚城。②
蝴蝶梦中家万里，杜鹃枝上月三更。③
故园书动经年绝，华发春催两鬓生。④
自是不归归便得，五湖烟景有谁争。⑤

注释

五湖

近代一般以洞庭湖、鄱阳湖、太湖、巢湖、洪泽湖为“五湖”。古代的说法不同，如《国语》、《史记》中的五湖专指太湖，或太湖及其附近的湖泊。

①**旅怀**：旅途中的感怀。②**楚城**：这里是泛指旅途中经过的楚地，今湖南、湖北一带。　③**蝴蝶梦**：古代庄周曾梦见自己是一只翩翩飞舞的蝴蝶。**家万里**：说自己的梦则是在万里以外的家中，表示思念亲人的殷切。**杜鹃枝上**：指杜鹃鸟深夜悲啼。**月三更**：说自己三更天还睡不着，望着窗外皎洁的月色，表示春夜思家难寐。　④**故园**：故乡。**书**：信。**动**：动辄，每每。**经年**：一年或过一年。**华发**：花白的头发。**春催**：入春又催白发多生。**鬓**：脸旁边靠近耳朵的头发。　⑤**“自是”句**：我现在没有回去，要

回去就可以回去了，表示自己已没有什么牵挂。归便得，要回去即可回去。**五湖**：旧时称滆湖、洮湖、射湖、贵湖及太湖为五湖，在今苏州、无锡、吴兴一带。

导读

诗人长期定居巴蜀、秦陇等地，他的许多作品都是以羁旅之愁为题材。诗的开头两句，叹息时光易逝，岁月难留，而诗人羁旅他乡，光阴虚度的感慨，自在其中。“蝴蝶”句借用庄周梦蝶的典故，表现思乡的情怀。“杜鹃”句意思是杜鹃半夜的啼声使他从梦中惊醒，这一来自然愁上加愁了。第五、六句抒发了经常长年家信断绝的痛苦和自己的年华随着春天逝去的悲哀。尾联是诗人的自我解嘲，是无可奈何之举，是乡愁到极致的表露。诗这样收笔，很突然，仕途不得意的感慨，隐含在其中。这首诗语言精美，对仗工整，气韵流畅，感情深沉，表现了封建时代诗人羁旅穷年的悲愤与哀伤，意境凄婉。

答李儋[①]

唐·韦应物

去年花里逢君别，今日花开又一年。
世事茫茫难自料，春愁黯黯独成眠。[②]
身多疾病思田里，邑有流亡愧俸钱。[③]
闻道欲来相问讯，西楼望月几回圆。[④]

注释

①**李儋**：字元锡，做过殿中侍御史的官，和韦应物是好友，他们之间酬唱的作品很多。 ②**难自料**：自己难以预料。**黯黯**：低沉黯淡、无精打采的样子。**独成眠**：唯独能够睡眠。 ③**田里**：故乡。**邑**：城邑，这里指自己所管辖的地区。**流亡**：出外逃亡的人。**愧俸钱**：对不起国家给的俸禄钱，意思是说自己未尽到做地方官的职责。 ④**问讯**：

探望。**西楼**：一名观风楼，在苏州。

导读

花开花落本是自然现象，但诗人对此却感慨万千，因此而引发了对离别友人的思念，又生出世事无常的感叹；既有疾病缠身的困扰，又有归隐田园的渴望，所有这些思绪尽在一个“愁”字中。诗人一事无成的苦闷心情，和盘托出，“独成眠”三字展现了孤独感，这是第二联的内容。接着的第三联，从正面做了回答：身多疾病，而又思归不得；邑有流亡，怎不愧对俸钱？结尾一联，又照应了开头，希望朋友能够前来见面，互相慰藉。据说宋代范仲淹读了“邑有流亡愧俸钱”的诗句，叹为“仁人之言”，这在封建社会里，的确是难能可贵的。诗的语言自然流畅，感情平易亲切，不仅表现了对朋友的真挚思念，也抒发了在政治上无所作为的感慨，使一般的赠答诗有了深刻的思想内容，而不流于浅俗。

本诗抒发了对李元锡的真挚友情和对老百姓的关怀感情，思想境界很高，所以历来备受赞誉。短短几十字就浓缩了诗人的悲喜交加、望眼欲穿的心情。

江　村

唐·杜　甫

清江一曲抱村流，长夏江村事事幽。①
自去自来梁上燕，相亲相近水中鸥。②
老妻画纸为棋局，稚子敲针作钓钩。③
多病所需惟药物，微躯此外复何求？④

注释

①**清江**：清澈的江水。**曲**：曲折。**抱**：环绕。**长夏**：长长的夏日。**幽**：幽静，闲雅。　②**自去自来**：自由自在。**相亲相近**：互相追逐嬉戏。　③**棋局**：棋盘。**稚子**：幼小的儿子。　④**微躯**：微贱的身体。

导读

杜甫从丧乱中来到成都，定居草堂，有了安定的生活，感到心满意足。这首诗写于唐肃宗上元元年（公元 760 年）夏天，表现了诗人这种自得其乐的情趣。全诗从“事事幽”着手，描述了梁间燕子，时来时去，自由而自在；江上白鸥，忽隐忽没，相亲又相近。燕子是喜欢在梁间筑巢的家鸟，白鸥是水居隐士的良伴，鸟的飞翔给江村生活增添了一丝灵动之气，又通过飞鸟的不惊不疑透露出夏日人们活动的清闲。物情如此幽清，家庭生活的幽趣尤其使诗人舒心：“老妻画纸为棋局。”老来相伴，十分可亲；“稚子敲针作钓钩”，少年天性，十分可爱。棋局最适宜消磨漫漫夏日，清江正是垂钓的好场所，村居乐事，颇为舒心惬意。经历长期离乱之后，重新获得如此天伦之乐，诗人怎么不感到欣喜和满足呢？

尾联诗意急转，刻画了一个体弱多病的老人形象，与上一幅图景形成了鲜明对比，既突出了诗人一家的天伦之乐，又真实刻画出诗人的困窘生活。包含了一种深沉的悲苦之情。

夏　日

宋·张　耒

长夏江村风日清，檐牙燕雀已生成。①

蝶衣晒粉花枝舞，蛛网添丝屋角晴。②

落落疏帘邀月影，嘈嘈虚枕纳溪声。③

久斑两鬓如霜雪，直欲樵渔过此生。④

注释

①**檐牙**：指屋檐间伸出的互相勾连的像牙齿的部分。**已生成**：指燕雀栖息于此，孵出了幼雏。 ②**蝶衣**：蝴蝶翅膀。**晒粉**：蝴蝶翅膀上多粉。 ③**落落**：稀疏的样子。**疏帘**：稀疏的帘子。**邀**：邀请。**嘈**

嘈：杂乱的声音。**虚枕**：中间空心的枕头。　④**斑**：花白。

导读

诗人罢官回乡之后，以此为题作诗三首，这是其中之一。

这首诗写夏日的江村风情。开头四句描绘了夏日农村的景象。“风日清”的“清”，有清朗、清凉、清幽的含义。对燕雀、蝴蝶、蛛网的叙写用笔细致，富有村野的特点。“落落”、“嘈嘈”两句，通过月影和溪声写出了闲居江村的乐趣，表现出诗人心境的平静与满足。“久斑”句道出了由于多年劳碌已使头发斑白的事实，“直欲”表达了愿在村野度过此生的情怀。诗从描绘夏日的“清”进而抒发心中的愿望，诗境蕴藉闲适，很有韵味。如此怡人的夏日村庄使得诗人不禁触景生情，生出归隐田园的渴望来。全诗写自然景观，抒情收放自如，情景交融，妙合无限。写景清丽、心态平和，显示了宋代士大夫的修养。

积雨辋川庄作[①]

唐·王　维

积雨空林烟火迟，蒸藜炊黍饷东菑。[②]
漠漠水田飞白鹭，阴阴夏木啭黄鹂。[③]
山中习静观朝槿，松下清斋折露葵。[④]
野老与人争席罢，海鸥何事更相疑？[⑤]

注释

①**积雨**：久雨。**辋川庄**：诗人隐居蓝田辋川的别墅。　②**空林**：空寂无人的山林。**藜**：一种菜，这里泛指蔬菜。**炊黍**：做饭。黍，黄米。**饷东菑（zī）**：往东边田里送饭。菑，初耕的田亩，这里泛指田亩。③**漠漠**：水田广布的样子。　④**朝槿**：即木槿花，夏秋之际开花，早开暮落。**露葵**：带有露水的葵菜。　⑤**野老**：诗人自称。

导读

本诗描写辋川山庄久雨初停的景色，是王维所作山水田园诗的名篇。首联以烟火升起迟缓，写久雨以后空气湿润，很有特点。二联用“漠漠”和“阴阴”两个叠词，使得此联成为名句。这两个叠词，鲜明生动地描绘了久雨后水田的景色。“漠漠”状久雨后的水田上空朦胧寥廓极为真切，“阴阴”状夏天树木在久雨后的荫浓湿润也很贴切。总之，由于用词的贴切鲜明，使得诗中景色犹如一幅淡雅的水墨画，鲜明地表现了王维诗歌“诗中有画”的特色。三联写诗人在山中闲适的隐居生活和修养心性的乐趣。四联写退隐以后仍遭猜忌的不平静的心情。全诗形象鲜明，在清新秀丽的自然景色描写中，蕴含着无穷诗味。

新竹

宋·陆游

插棘编篱谨护持，养成寒碧映涟漪。①
清风掠地秋先到，赤日行天午不知。②
解箨时闻声簌簌，放梢初见影离离。③
归闲我欲频来此，枕簟仍教到处随。④

注释

①**棘**：落叶灌木，茎上多刺。**篱**：篱笆。**寒碧**：指竹子。因竹子长成，浓绿清凉。 ②**秋先到**：竹林风清，一片凉爽，似乎是秋天先到了。**行天**：指赤日在天空运行。**午不知**：正午阳光直射，大地灼热，因有新竹浓阴，虽然正午也不感到炎热，所以说“午不知”。 ③**解箨**（tuò）：指笋皮脱落。箨，竹笋上一片一片的皮。**簌簌**：拟声词，笋衣脱落的声响。**放梢**：因笋衣脱落而竹梢怒放。梢，竹梢，竹子的末端。**影离离**：指竹影浓密，一块一块地映在地上。 ④**归闲**：归来闲暇的

时候。**频来**：经常来。**簟**（diàn）：竹席。**到处随**：随便什么地方都可铺上枕席。

导读

这是一首写新竹的咏物诗。诗人用独特的视角观察了新竹成长的全过程，读来妙趣横生。全诗无一“竹”字，但又字字关情。一、二句说由于小心围护，使新竹长出翠绿的叶子，“寒碧映涟漪”五字，展现了它形态的美。三、四句写夏日在竹林中的凉快感觉。五、六句从声音、影子两个方面来描绘竹笋解箨、新枝拔节的情景，表现了它蓬勃的生命力。这里采用的是动静结合的手法，形象生动地描绘出竹子的成长特征。七、八句抒发了诗人对竹林的爱慕和神往，表明了诗人对恬淡生活的渴求。诗人希望能有闲暇，常来此地，仰卧枕席之上，悠然自乐其中。这是封建时代文人的一种雅兴。诗中对新竹的种种描写，极为生动。

表兄话旧①

唐·窦叔向

夜合花开香满庭，夜深微雨醉初醒。②
远书珍重何由答，旧事凄凉不可听。③
去日儿童皆长大，昔年亲友半凋零。④
明朝又是孤舟别，愁见河桥酒幔青。⑤

注释

①**话旧**：叙谈旧日情事。 ②**夜合花**：即合欢，落叶乔木，其叶似槐，至暮即合，故又名合昏，俗称夜合花。**醉初醒**：酒醉刚醒。③**远书**：寄给远方的书信。 ④**半凋零**：大半死亡了。 ⑤**孤舟别**：指表兄又将孤舟远别了。**酒幔**：挑在酒店门外的酒帘，多为青白布制成。

导读

这首诗描述的是诗从在微雨夏夜和表兄饮酒叙旧的情况。第一、二句点明时间、地点和环境。第三、四句写出了愁的原因——现在由于战乱，想写一封嘱咐远方亲友珍重的信也不知怎样才寄得到，过去那些凄凉的往事使人难以听下去。五、六句从“话旧”而联想起今天——儿女辈都已长大，但当年的亲朋已一半不在人世，句中流露出世事沧桑的感叹。七、八句进一步把这种伤感情绪推向高潮，此地才话旧，明日又别离，离愁别绪顿时涌上心头。诗歌中所表现的伤感情怀是当时社会的普遍现象，具有一定现实意义。

偶　成①

宋·程　颢

闲来无事不从容，睡觉东窗日已红。②
万物静观皆自得，四时佳兴与人同。③
道通天地有形外，思入风云变态中。④
富贵不淫贫贱乐，男儿到此是豪雄。⑤

注释

①**偶成**：随意写成的诗。　②**不从容**：没有不从容，即从容的意思。**睡觉**：睡醒了。　③**万物静观**：即静观万物。**皆自得**：都能有得于心。**四时**：指四季风光。**佳兴**：美好的兴致。　④**道**：程颢是理学家，他的所谓“道”，是他的客观唯心主义的最高范畴，是能够主宰一切的属于精神的东西。因此，这种“道”就是无处不在的，所以说“道通天地有形外”，天地万物都包括了。“**思入**”**句**：世间的风云变幻，也莫不有“道”在其中。思，思想，认识，也即是“道”。　⑤**富贵不淫**：是说富贵不能惑乱其心。淫，惑。**贫贱乐**：安于贫贱而自得其乐。**到此**：指达到“富贵不淫贫贱乐”这样的境界。

导读

诗人是宋朝有名的理学家，这是一首具有浓郁理性特质的诗。诗的主旨大致是以为天地万物，客观真理，都存在于人的心中，这是诗人宣扬的“道”，是主观唯心主义。

游月陂[1]

宋·程 颢

月陂堤上四徘徊，北有中天百尺台。[2]
万物已随秋气改，一樽聊为晚凉开。[3]
水心云影闲相照，林下泉声静自来。[4]
世事无端何足计，但逢佳节约重陪。[5]

注释

①**月陂**：状如月形的水泊，这里是堤的名称。 ②**四徘徊**：四面来回地走，即四面观望的意思。**北**：北面。 ③**秋气**：秋天的肃杀之气。**“一樽”句**：傍晚天凉不妨开樽饮酒。樽，古代的盛酒器具，这里指酒。开，指斟酒、饮酒。 ④**水心**：水中。**泉声**：泉水的声音。 ⑤**无端**：这里是指人世间的事很繁杂，没有头绪。**何足计**：哪里值得计较。**但逢**：只要逢到。**约**：预约，预先说定。**重陪**：再来陪玩欣赏。

导读

这是一首富有哲思的诗，说理比较形象。诗人在这首诗中，虽然也写了一些较为生动的景物，但其着眼点仍在于抒发自己的人生哲理。所谓“水心云影闲相照，林下泉声静自来”，多么闲静幽雅，这正是诗人所追求的境界。因此他认为世上的事情，可以不必去计较，只要在佳节能约几个朋友相聚就是很大的快乐。这是诗人哲思的归宿点，是诗人参悟人生后的心得。诗抒写了随遇而安、不计较得失的淡泊情怀。

秋兴八首(其一)[1]

唐·杜　甫

玉露凋伤枫树林，巫山巫峡气萧森。[2]
江间波浪兼天涌，塞上风云接地阴。[3]
丛菊两开他日泪，孤舟一系故园心。[4]
寒衣处处催刀尺，白帝城高急暮砧。[5]

注释

①**秋兴**：因秋触景生情。　②**玉露**：白露，指霜。**凋伤**：这里是指秋天霜降枫林，因之衰败零落。**巫山**：在今四川省巫山县东，属巴山山脉，首尾一百六十里，峭壁悬岩，长江流经其中，称巫峡。**气萧森**：秋天气象萧瑟阴森。　③**江间**：指巫峡中的江水。**兼天涌**：波浪滔天。兼，连。**塞**：关塞，边关要地。**风云**：指战争风云。**接地阴**：是说大地弥漫着阴森的战争风云。　④**丛菊两开**：唐代宗永泰元年（公元765年）五月，杜甫离开成都，打算由水路出川回故乡去，却因种种原因，一直滞留夔州，到大历元年（公元766年）秋，已经是两个秋天了，所以说"丛菊两开"。**一系**：永系。**故园心**：指思念故乡的心情。故园，指长安和洛阳。
⑤**催刀尺**：催人赶制冬衣。刀尺，指剪裁新衣的工具。**白帝城**：旧址在今四川省奉节县东。**急暮砧**：傍晚捣洗旧衣的声音很急促。砧，捣衣石。时届深秋，催衣捣衣，更容

安史之乱

"安史之乱"是我国历史上一次重要的事件，是唐朝由盛而衰的转折点。"安"指安禄山，"史"指史思明，"安史之乱"是指他们起兵反对唐王朝的一次叛乱。"安史之乱"自唐玄宗天宝十四年（公元755年）至唐代宗宝应元年（公元762年）结束，前后达八年之久。这次历史事件对唐朝后期的影响尤其巨大。"安史之乱"是当时各种社会矛盾的集中反映。

易触动游子思乡之情。

导读

《秋兴八首》是杜甫于代宗大历元年（公元 766 年）旅居夔州时的作品。这八首诗，是完整的组诗，因景寄情，既抒发了诗人漂泊之感、故国之思，也深深地寄托着对李唐王朝盛衰的感叹与悲哀。

诗的第一联，描绘了巫山、巫峡一带萧瑟、阴森的秋景，以此来衬托情思。第二联对仗工整，波浪冲天，风云接地，气势十分雄壮，极力烘托出“萧森”的气氛。这两句所写的自然现象，是社会动荡不安，自感没有出路的象征。第三联句意是：菊花已两度开放（即已是两年），花上凝聚着自己回忆过去岁月的眼泪，一只孤独的小船紧系着我回乡的心。这两个句子表达了滞留的悲苦及对故乡的思念感情。第四联再起高潮，“催”和“急”用得生动传神，进一步撩发诗人的乡愁，感人至深。

秋兴八首（其三）

唐·杜 甫

千家山郭静朝晖，日日江楼坐翠微。①
信宿渔人还泛泛，清秋燕子故飞飞。②
匡衡抗疏功名薄，刘向传经心事违。③
同学少年多不贱，五陵裘马自轻肥。④

注释

①**山郭**：山城。这里指白帝城。郭，城郭。**江楼**：临江的楼屋。**坐翠微**：因江楼四周围绕青翠山色，故称坐楼为坐翠微。翠微，青翠的山气。　②**信宿**：再宿，指渔人夜夜在江上捕鱼。**还**：依旧。**泛**：泛舟。**故**：仍旧。　③**匡衡**：汉代人。**抗疏**：指给皇帝上书抗言直辩。**功名薄**：是杜甫说自己。**刘向**：汉宣帝时人。　④**同学少年**：即少年

时代同学之辈。**多不贱**：大都已经荣华富贵了。**五陵**：代指豪富子弟。长安附近有五座汉代帝王的陵墓，即长陵、安陵、阳陵、茂陵、平陵。这里曾是豪家富室聚居的地方。**自**：只顾自己，是对那些“多不贱”的同学之辈的一种讽刺。**轻肥**：即轻裘肥马。这是豪富人家所过的阔绰生活。

导读

这是《秋兴八首》的第三首，诗歌前四句写景，后四句抒情。开头四句是写夔州秋天早晨的景象，但也暗含诗人滞留夔州的不愉快心情。这不仅对自己“日日江楼坐翠微”，表示了不满，就是眼前所见景物，江上渔舟，清秋燕子，本应赏心悦目，现在竟感到了厌烦。“匡衡”“刘向”两句表现了诗人报国无门、郁郁不得志的情怀。最后两句用他人功成名就，飞黄腾达来作结，愈显诗人的落寞，令人伤感，真可谓“冠盖满京华，斯人独憔悴”。

秋兴八首(其五)

唐·杜 甫

蓬莱宫阙对南山，承露金茎霄汉间。①

西望瑶池降王母，东来紫气满函关。②

云移雉尾开宫扇，日绕龙鳞识圣颜。③

一卧沧江惊岁晚，几回青琐点朝班。④

注释

①**蓬莱**：宫殿名。唐高宗龙朔二年（公元 662 年）重修大明宫，改名为蓬莱宫。**南山**：终南山，在长安附近。**承露金茎**：汉武帝迷信神仙，相信道家方士的话，在建章宫西面建造了金茎承露盘，以承仙露，便于服食。承露，指仙人承露盘。金茎，指承露盘下的铜柱。唐代宫中是没有承露盘的，这里借汉拟唐，形容长安宫殿壮丽，气象万

千。**霄汉间：**云汉间。形容金茎承露盘伸向极高的天空。 ②**瑶池降王母：**古代神话传说，西王母居于昆仑山中的瑶池。**紫气满函关：**据说老子李耳西游至函谷关，守关的人见紫气由东而来，知有真人过此。老子果然骑青牛而过。 ③**云移雉尾：**雉尾云移。云移，形容开扇时光彩闪耀如云霞流动。雉尾，指用野鸡的尾羽制成的供皇帝上朝时用以障面的羽扇。因皇帝坐定前，用羽扇遮蔽起来，不让人见，待坐定以后，才将羽扇移开，也就是"开宫扇"了。**日绕龙鳞：**是说皇帝穿的绣有龙纹的衣服光彩夺目，犹如日光缭绕。龙鳞，指皇帝衣服上绣的龙纹。**识圣颜：**认识皇帝的容颜。④**卧：**卧病。**沧江：**指长江。**岁晚：**指秋天，也指自己已到晚暮之年。**几回：**只有过几次。**青琐：**汉建章宫的中宫门。因门上装饰有涂着青色的连环形图案，故称青琐。这是借汉指唐，泛指宫门。**点朝班：**百官朝见，点名传呼，依次入朝。点，同"玷"，玷污，是诗人自谦之词。朝班，群臣朝见时排成的行列。

紫气东来

大约在老子七十多岁的时候，天下大乱，诸侯之间争夺地盘和权位的战争频频发生，老子预料到，将来会发生更大的战乱，所以就辞去掌管图书典籍的官职，骑着一头青牛，离开了洛阳向西行。一个清晨，函谷关善观天象的关令尹喜突然看到东方紫气氤氲，便出关相迎，果然见一长须如雪，道骨仙风的老者，骑着青牛悠悠而来，这就是老子。尹喜把老子留下来，请他做篇文章再走，老子就写了一篇专门讲"道"和"德"的文章，约五千字左右，后来人们把这篇文章印成书，取名为《老子》，又叫《道德经》。老子写完文章后，骑着青牛继续向西走，后来就不知道到哪里去了。从此，在道教的众多神仙中，老子成了至高无上的天神，民间都尊他为"太上老君"。

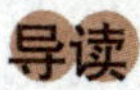

导读

这首诗回忆了昔日长安宫殿的巍峨和自己在朝廷参加活动的盛况，以见今日病卧夔州的凄凉和对朝廷的深切怀念。

开头四句忆写长安宫殿的壮伟气象，其中的"西望"、"东来"两句是虚写，是对壮伟气象的烘衬。五、六两句引出下文诗人对往昔列班上朝的回忆。最后两句一个"惊"字传达出物是人非，恍若一梦的沧桑感。诗歌语意波澜起伏，含意蕴藉。

秋兴八首（其七）

唐·杜 甫

昆明池水汉时功，武帝旌旗在眼中。①
织女机丝虚夜月，石鲸鳞甲动秋风。②
波漂菰米沉云黑，露冷莲房坠粉红。③
关塞极天惟鸟道，江湖满地一渔翁。④

注释

①**昆明池**：在长安城西二十里。据历史记载，汉武帝修凿昆明池，是为练习水战，所以说“汉时功”。**武帝旌旗**：指昆明池上战船旗帜飞扬。**在眼中**：是说看到昆明池水，就像看到当年汉武帝练兵，一片旌旗，尽在眼中了。 ②**织女**：昆明池有两个石人，左为牵牛，右为织女，用以象征天上银河。因织女不能织，所以说“虚夜月”，空对夜

汉武帝

汉世宗孝武皇帝刘彻（公元前 156 年—公元前 87 年），是汉王朝的第 7 位天子，汉景帝刘启的第十子、汉太宗刘恒的孙子、汉太祖刘邦的重孙子。7 岁时被册立为皇太子，16 岁登基，在位五十四年（公元前 141 年—公元前 87 年），在位期间击破匈奴、吞并朝鲜、遣使出使西域。独尊儒术，首创年号。他开拓汉朝最大版图，功业辉煌。公元前 87 年崩于五柞宫，享年 70 岁，葬于茂陵，谥号“孝武”，庙号世宗。

月。**石鲸**：昆明池有石刻鲸鱼，栩栩如生，传说每当雷雨，常鸣吼，鬐尾都摆动起来。**动秋风**：在秋风中摆动。 ③**波漂菰（gū）米**：菰米漂在水上，沉沉一片如黑云。菰，草本植物，生浅水中，秋天结实，形状像米，可以吃。**莲房**：莲蓬。**坠粉红**：指荷花凋谢。 ④**关塞极天**：关塞险阻。极天，极高。从夔州到长安，重峦叠嶂，道路艰难。**惟鸟道**：只有飞鸟可度，意即自己回归无望。**江湖满地**：遍地江湖。

导读

这是《秋兴八首》的第七首。诗人寄情于景，写出对长安的怀念。诗的开头两句，借汉指唐，用想象中的威武场面颂扬了盛唐的强大。接着四句“虚夜月”、“动秋风”、“沉云黑”、“坠粉红”的描写，似乎是写景，其实是对今日的荒凉冷落，已是今非昔比的一种喟叹。因此结尾两句，不仅实写关塞险阻，而且含有政治上的艰难。所以诗人说自己是漂泊江湖的一个渔翁，暗喻自己漂泊无归宿，这样来表现自己处境的凄凉，形象而又真切。全诗即景抒情，慨叹长安遥不可及，“遥”不仅指路途之远，还意指诗人和长安在心理上的隔阂与障碍。诗人的情感跌宕起伏，思绪万千，跃然纸上。抒发了诗人的忧国情思，也感叹了自己可悲的命运。

这一组诗虽然没有直接写到当时具体的史事，却深刻地反映了那个由盛而衰的时代，体现了诗人关心国家命运的深情，悲壮苍凉，意境深宏。

月夜舟中

宋·戴复古

满船明月浸虚空，绿水无痕夜气冲。①
诗思浮沉樯影里，梦魂摇曳橹声中。②
星辰冷落碧潭水，鸿雁悲鸣红蓼风。③
数点渔灯依古岸，断桥垂露滴梧桐。④

注释

①**满船明月**：明月照遍全船。**浸虚空**：水天一色，船不像在水里，倒像在空中一样，所以说是“浸虚空”。**无痕**：指水平如镜，没有波纹。**夜气冲**：指秋夜寒气袭人。 ②**诗思**：诗的构思。**樯**：桅杆。**摇曳**：摇摆动荡。 ③**星辰冷落**：星辰映在碧水潭中是这样冷落。冷落，稀疏冷清。**鸿雁悲鸣**：鸿雁栖息在红蓼中迎风悲鸣。**蓼**：草本植物，花小，白色或浅红色，生长在水边或水中。 ④**“数点”句**：夜已很深，只有渔船上的几点灯火靠在古老的岸边隐约闪烁。依，靠。**断桥**：残桥。

导读

这首诗极力描写了秋夜的种种景象，以及诗人在月中泛舟的寂寞情怀。诗的开头两句，虽然写出了秋夜水上的明净，但却给人以冷清的感觉。中间四句对仗工整，极力渲染了秋天的萧瑟。最后两句从岸边写到船上，以景取胜，烘托心境。全诗融情于景，情景相生，达到了理想的效果。

这首诗洋溢着孤独悲凉的气氛，诗中运用多种意象，除了视觉方面的明月、绿水、墙影、星辰、红蓼、渔灯、古岸、梧桐等等之外，还有听觉方面的橹声和鸿雁的哀鸣声，显得有声有色、斑驳有致，只是略显拥挤，如果能稍微疏宕一些，诗味或可更多。

长安秋望

唐·赵 嘏

云物凄清拂曙流，汉家宫阙动高秋。①
残星几点雁横塞，长笛一声人倚楼。②
紫艳半开篱菊静，红衣落尽渚莲愁。③
鲈鱼正美不归去，空戴南冠学楚囚。④

注释

①**云物凄清**：秋天早晨的云雾带着凄清寒意。云物，指天空中的云雾。**拂曙**：拂晓。**汉家宫阙**：这里指唐代长安官殿。**动高秋**：指开始呈现出深秋的自然景象。动，萌动。　②**残星**：拂晓时天上稀疏的星辰。**雁横塞**：北雁飞越关塞而过。**人**：诗人自指。　③**紫艳**：指篱边半开的菊花。**静**：寂静。**衣**：红莲花瓣。**渚莲**：水边的莲花。**愁**：愁闷。　④**鲈鱼**：西晋张翰在外做官时，因秋风起，思念家乡鲈鱼的美味，便辞官归去。**南冠**：楚冠，楚国样式的帽子，这里是囚犯的代称。

导读

诗人在这首诗中，通过对秋天景物的描写，抒发了自己感伤情绪。诗题是《长安秋望》，所以开头横空直入，从大处落笔，一股秋寒笼天地于无形。颔联用“残星几点”，“长笛一声”造成一种悲凉、冷清的意境，带出倚楼人的形象：孤单而落寞。颈联对仗精巧，色彩艳丽却给人萧瑟之感，一个“静”一个“愁”采用比拟手法赋予植物以人的生命力，并将诗人的感伤情怀寄寓于此。因此尾联诗人怀着满腹牢骚，认为自己竟不能像张翰那样，辞官归去，却要学着楚囚那样，羁留他乡，这是多么难堪。这种情绪，是封建时代不得志的读书人常有的一种思乡病。本诗基本按空间顺序安排，颔联为俯瞰，而其间的转换又显露了光线的由暗而明，天越来越亮了。此处最可见诗人的匠心。

南冠楚囚

楚国在战争中大败，钟仪被俘。被囚禁的钟仪每天戴着楚国的帽子面南而站，思念自己的祖国。两年后，晋景公发现了钟仪。晋景公知道他家世代为乐官时就问他能不能演奏音乐。钟仪回答说：“这是先人的职责，岂敢从事于其他？”晋景公又问：“你们的君王怎么样？”钟仪回答说：“当他做太子的时候，每天早晨向令尹婴齐、晚上向大夫侧去请教。”晋景公将这番话告诉了范文子。范文子说：“钟仪是君子啊！说话时举出先人的职官，这是不背弃根本。奏的乐调是家乡的，这是不忘记故旧。举出楚君做太子时候的事，这是没有私心。不背弃根本，这是仁。不忘记故旧，这是信。没有私心，这是忠。用仁来辨理事情，用信来保守它，用忠来成就它。遇到再难的事情也必然成功。您应该放他回去。”晋景公听从了范文子的意见，对钟仪重加礼遇，并亲自释放他回楚国，让他为两国和平出力。

这首诗的景色描绘十分成功。雁与菊花，是秋天有代表性的景物，能引发人们思乡、隐居的情思。拂晓的“云物”及笛声渲染了凄凉的气氛，对心绪起着烘托的作用，使诗歌产生了感人的力量。

新　　秋

唐·杜　甫

火云犹未敛奇峰，欹枕初惊一叶风。①
几处园林萧瑟里，谁家砧杵寂寥中。②
蝉声断续悲残月，萤焰高低照暮空。③
赋就金门期再献，夜深搔首叹飞蓬。④

注释

①**火云**：指夏日红云。**敛**：收拾。这里有散开的意思。**奇峰**：指火云形状像各种奇异的山峰。**欹枕**：斜靠在枕头上。**一叶风**：一片树叶飘落，带来一阵凉风。　②**萧瑟**：树木被秋风吹动发出的声音。**砧杵**：古时捣衣的工具。砧，垫石。杵，木棒。　③**“蝉声”句**：蝉到秋天，鸣声愈来愈小，断断续续，显得凄切。所以说蝉声断续好像在悲叹残月将尽似的。**“萤焰”句**：是说萤火虫在夜空里忽高忽低地飞蹿。萤焰，萤火虫能发出微弱的光，诗人形象地把萤火虫的光亮称为“萤焰”。　④**赋就**：写好。指写好献策的文章。**金门**：汉代宫门，因门旁有铜马，故又称“金马门”。汉

飞蓬

飞蓬的枝叶似杨柳，盘盘旋旋。其根短浅易断，秋季枯干后，由于体轻，遇风根断，随风而走，所以有“秋蓬恶本根”的说法。蓬草团随风旋转飞舞，据说古人也因见其风中之姿而触发制车轮的灵感。蓬草惯性向横蔓生，但若生长在麻园中，因黄麻棵棵挺直，蓬草为了阳光和露水，会依附黄麻挺直向上生长，所以说“蓬生麻中，不扶而直”。荀子以蓬草依附黄麻而生，说明环境对人的影响。

代朝廷征召来的有才之士，在这里等待皇帝的命令。**期**：期望。**再献**：再一次向朝廷献策。**搔首**：用手指头轻挠头皮，这是人心绪烦乱时常有的动作。**飞蓬**：蓬草叶子散生，秋后枯萎根断，随风飘浮、旋转，故称"飞蓬"。古人常用来比喻行踪不定的处境。

导读

这首诗既写了新秋季节的物候特征，也表露了诗人感叹时光易逝，功名难就的苦闷心情。

一至六句按顺序写新秋黄昏到夜晚的景色，本来天上火云峥嵘，尚未散尽，而凉风却卷着落叶来了。一片树叶带来了秋讯，于是无数园林处于萧瑟的气氛中，捣衣声在寂寥中传来，蝉在残月下悲鸣，萤火虫在夜空中闪烁，这些构成了一幅生动的新秋图。有意思的是诗人把自己的感受也融进了秋色中。他的"欹枕初惊一叶风"和"夜深搔首叹飞蓬"，一惊一叹，正是诗人在夏秋交替时的独特感受。他功名未就，心有苦衷，眼看夏去秋来，难免有时不我待之感。这四句，除了末句是眼中所见，其余都是从风中飘来的各种声响，都是由"一叶风"延伸出来的。有实事、有想象，有远声、有近音。诗人怀才不遇的苦闷愈发明显，不禁发出"飞蓬"之叹。此诗抓住夏秋之间季节转换的特色，而最后写自己夜深搔首，感慨年华已逝，头发如秋蓬之乱飞，生活亦漂泊无定，这样的悲秋之意，既切合诗题，又充满了人个印记。全诗情景交融，结构严谨，风格沉郁，意境悲凉。

中　　秋

宋·李　朴

皓魄当空宝镜升，云间仙籁寂无声。①
平分秋色一轮满，长伴云衢千里明。②
狡兔空从弦外落，妖蟆休向眼前生。③
灵槎拟约同携手，更待银河彻底清。④

天籁

天籁出自《庄子·齐物论》，与地籁、人籁相比较，天籁是音乐的最高境界。它是自然界的声音，是物自然而然发出的声音。如风声、鸟声、流水声等。在古代汉语中“天籁”则是指民歌随口而唱，随口用韵，随时换韵的情况。

注释

①**皓魄**：白色的月光，此处代指月亮。**仙籁**：天上的音响。②**平分秋色**：把秋色分为两半。**云衢**：天上的道路，此指云在空中飘动所经过之路。③**狡兔**：指月中白兔。**娇蟆**：指蚀月的蛤蟆。传说月亮亏缺是因为月中蛤蟆食月的缘故。④**槎**：指用竹木编成的筏子。**拟约**：打算相约。**同携手**：一同手拉着手。**更待**：且待。

导读

题为《中秋》，实是歌吟中秋月夜，着重描写的又是那一轮秋月。诗中写了明月的形如宝镜，写了月夜的静谧气氛，写了它的平分秋色，写了它的云衢照明。后又用关于月亮的传说故事作为素材，极写秋月明净圆满的形象。末二句，诗人进一步驰骋想象，打算约伴同游银河，更使诗中清辉漫空的月色显现出新的境界。全诗条理清晰，写景状物与传说想象融为一体，展现了一个清新明亮的中秋之夜。狡兔落去，蟾蜍不生，既写了月的圆，又寄托了对但愿月长圆的向往；因此最终用乘槎上天的传说，扣紧八月十五，又引发了月色美好而产生的漫游天宫的愿望。诗形象地描绘了月的形与色，又通过浮思遐想，加倍写出月夜的迷人，因此读来清气袭人，趣味浓长。

九日蓝田崔氏庄①

唐·杜　甫

老去悲秋强自宽，兴来今日尽君欢。②
羞将短发还吹帽，笑倩旁人为正冠。③
蓝水远从千涧落，玉山高并两峰寒。④
明年此会知谁健，醉把茱萸仔细看。⑤

注释

①**九日**：指乾元元年（公元758年）九月初九日。诗人当时在华州（今陕西省华县）任司功参军。**蓝田**：即今陕西省蓝田县。此诗是杜甫九月初九在蓝田崔家庄园饮宴作的诗。　②**老去悲秋**：指人年老觉逝期已近，所以见到秋光惨淡，不免悲伤。**强自宽**：强为欢笑以自相宽慰。强，勉强。**兴来**：高兴起来。**君**：指同饮之人。　③**羞**：难为情。**倩**：请，央求。**正冠**：把帽子戴正。　④**蓝水**：即蓝溪，在蓝田山下。**涧**：两山之间的流水。**玉山**：指蓝田山。**并**：同"傍"，挨着。　⑤**此会**：指九月九日登高聚会。**把**：拿。**茱萸**：一种具有浓烈香味的植物。古代风俗，九月九日重阳节，佩茱萸囊登高可以去邪避恶。

茱萸

茱萸又名"越椒"、"艾子"，是一种常绿带香的植物，具备杀虫消毒、逐寒祛风的功能。茱萸有吴茱萸、山茱萸和食茱萸之分，都是著名的中药。按我国古人的习惯，在九月九日重阳节时爬山登高，臂上佩带插着茱萸的布袋，以示对亲朋好友的怀念。

导读

"老去"、"兴来"是这首诗的纲领。诗歌首句写"老去"一层，"悲秋"一层，"强自宽"又一层，层层变化，跌宕起伏，读来婉转自如。诗人虽然醉饮蓝田，与友尽欢，担心风吹帽落，笑旁人正冠，但也只是一时“兴来”所致。这些达观动作，幽默语言，终究掩藏不住内心的“老去”之感。所以他望蓝水、见玉山，目的是反衬自己的抑郁和悲怨。最后抒发好景不长，人事难料的叹息，以细看茱萸作结，含蕴着无限的悲凉。这是杜甫诗中的上乘之作。诗句豪壮中带几分悲凉，笔力遒劲。这里感叹的是山水无恙，人事难料，用一个“醉”字鲜明地刻画出诗人醉眼蒙眬，却仍盯着手中茱萸细看时的情态，虽不发一言，却胜过千言万语。

秋　思

宋·陆　游

利欲驱人万火牛，江湖浪迹一沙鸥。①
日长似岁闲方觉，事大如天醉亦休。②
砧杵敲残深巷月，梧桐摇落故园秋。③
欲舒老眼无高处，安得元龙百尺楼。④

注释

①**利欲**：追逐功利的欲望。**驱人**：驱使人。**万火牛**：战国时齐国田单与燕国打仗，弄来一千多头牛，在牛角上绑上利刃，在牛尾上系上干草，浇上油脂，然后点火放牛，火牛奔突，大败燕军。**浪迹**：到处漫游，行踪不定。**沙鸥**：一种水鸟。　②**闲方觉**：空闲时才感觉得到。**“事大”句**：天大的事，喝醉了酒也就没事了。　③**“砧杵”句**：指月已西沉，夜色已深，深巷里还响着砧杵的声音。　④**欲舒老眼**：想睁眼远望。**安得**：怎得。**元龙**：陈元龙，即陈登。三国时人。

导读

诗写秋日所感，表现了诗人向往闲适而又不能闲居的心情。诗人主张抗金，收复失地，但是这种理想一再落空，这首诗就是诗人壮志难酬的苦闷表达。虽然诗人赞美沙鸥闲逸，但又说闲时度日如年；虽说事大如天，醉后亦休，但又闻砧杵声而生感，见梧桐叶落而念故园之秋。他要放眼远望，而又无楼可登。诗人之心何曾清闲得了？倒是种种矛盾想法在心中纠缠，使得他更加郁闷。尾联是全诗点睛之笔，“元龙百尺楼”，是诗人通过典故，以元龙自况，表达自己英雄失落、报国无门的悲伤，写得十分含蓄。由此而反观前几联，便能品味出诗人所作的达语，所写的景物，饱含了无数的苦闷与牢骚。

南　　邻[①]

唐·杜　甫

锦里先生乌角巾，园收芋栗未全贫。[②]
惯看宾客儿童喜，得食阶除鸟雀驯。[③]
秋水才深四五尺，野航恰受两三人。[④]
白沙翠竹江村暮，相送柴门月色新。[⑤]

注释

①**南邻**：住在南边的邻居，指隐士朱希真，他是诗人在成都浣花溪草堂居住时的邻居。　②**锦里先生**：指朱希真。锦里，指成都锦江附近的地方。**乌角巾**：黑色的角巾。角巾，古代隐士常戴的一种有棱角的头巾。**芋**：芋头，一种植物，根部球茎可食用。**栗**：板栗，一种可食用的果实。**未全贫**：不是十分贫穷。　③**惯看**：看惯了。**阶除**：指台阶和门前庭院。**鸟雀驯**：鸟雀显得柔驯顺服。　④**秋水**：指明亮清净的锦江水。**野航**：在郊野水道里航行的小船。**受**：容纳。　⑤**“白沙”句**：指日色已晚，那明净的白沙、翠绿的竹林，和江畔村落都渐渐笼罩在夜色中了。**柴门**：屋门。

导读

这首诗写于上元元年（公元 760 年），当时诗人住在成都浣花溪畔，他到南邻朱山人家造访，朱山人月夜送别的日常生活。朱山人是诗人的近邻，平日二人过从甚密。诗歌用白描手法展现了朱山人清闲的隐士生活。

一、二句描写朱山人的隐者形象及他的家境。三、四句通过客人来访儿童欢喜、鸟雀不惊，表现朱山人的好客，句中洋溢着宁静、和谐的气氛。第五、六、七句写朱山人家周围的清幽景色，衬出了他的高雅品格。最后一句写辞别，虽然没有描叙主客欢聚的情况，但已展现了两人间的情谊。全诗自然清晰，轻快明丽，体现了诗人访客的轻松和喜悦之情。

闻　笛

唐·赵　嘏

谁家吹笛画楼中？断续声随断续风。①
响遏行云横碧落，清和冷月到帘栊。②
兴来三弄有桓子，赋就一篇怀马融。③
曲罢不知人在否，余音嘹亮尚飘空。④

笛子

笛子是我国传统音乐中常用的横吹木管乐器之一，一般分为南方的曲笛和北方的梆笛。笛子常在我国民间音乐、戏曲、民族乐团、西洋交响乐团和现代音乐中运用，是我国音乐的代表乐器之一。大部分笛子是竹制的，但也有石笛和玉笛。不过，制作笛子的最好原料仍是竹子，因为这种材料的笛子声音效果最好。

注释

①**画楼**：华美的楼阁，指富贵人家的住处。“**断续**”**句**：指笛音随着断断续续的风飘散开来。　②**响遏行云**：形容笛音响亮，把天上流动着的云也阻止了。**横**：横搁。**碧落**：道教把天的最高处称为碧落。**清**：清越。形容笛音清畅高扬。**和**：带。**冷月**：使人生寒的月色。**帘栊**：挂着帘子的窗户。　③**桓子**：指东晋人桓伊。他喜爱音乐，善吹笛，

当时称为“江南第一”。**怀**：怀想。 ④**人在否**：指吹笛者在否。**嘹亮**：声音响亮而清远。**飘空**：指笛音袅袅，仍在空中飘散。

导读

这是一首意境优美的诗歌，写诗人对月夜闻笛的感受。悠扬缥缈的笛声置身于风声、行云和冷月的背景之下，愈发显得空灵动听。他由乐音的悠扬想到古时桓伊的三弄玉笛；由笛音的韵味想到马融的《长笛赋》。这些都有利于音乐形象的创造，不但显出了吹笛者的神情，也表明听笛者进入了音乐意境。“余音嘹亮尚飘空”照应开头，收束全文。这首诗就是通过描写诗人闻笛时的种种感受来写笛音的美，和那不曾露面的吹笛人。

冬　景

宋·刘克庄

晴窗早觉爱朝曦，竹外秋声渐作威。①
命仆安排新暖阁，呼童熨贴旧寒衣。②
叶浮嫩绿酒初熟，橙切香黄蟹正肥。③
蓉菊满园皆可羡，赏心从此莫相违。④

注释

①**晴窗**：映照着阳光的窗子。**早觉**：早上睡醒。**朝曦**：早上的阳光。**秋声**：秋风声。**渐作威**：渐渐显得猛烈。 ②**命仆**：吩咐仆人。**暖阁**：设有火炉取暖的小阁楼。**呼童**：即“呼僮”，呼唤奴仆。**熨贴**：把衣物用烙铁或熨斗烫平。 ③**“叶浮”句**：指新酿好的酒的表面泛起如竹叶一样嫩绿的泡沫。**橙切香黄**：把那又香又黄的橙子切开。上句写他准备了新酿的美酒，这句写准备了香黄的橙子和肥肥的螃蟹。④**“蓉菊”句**：那芙蓉、菊花满园开放，散发出缕缕清香，都使人感到欣喜、爱慕。蓉菊，指秋日开放的芙蓉花和菊花。**赏心**：心情欢畅。

从此：从事饮酒、食橙、食蟹、赏蓉和赏菊的活动。**莫相违**：不要违背，不要错过。

导读

诗歌描写的是悠闲士大夫的初冬生活，充满情趣。一般写秋天的诗歌，总是着眼于萧瑟冷清的景物，借以抒发悲秋之情。这首诗一反常格，充满朝气。秋风越刮越猛，冬天即将到来。于是主人吩咐仆人安排暖阁、熨贴寒衣。他取来新酿的美酒，切开香黄的橙子，摆上肥肥的螃蟹，打算尽情欣赏那满园的芙蓉和菊花。诗中场面热闹，其间融注了诗人及时行乐的情绪。全诗条理分明，风格自然，给人轻松之感。

小　至①

唐·杜　甫

天时人事日相催，冬至阳生春又来。②
刺绣五纹添弱线，吹葭六琯动飞灰。③
岸容待腊将舒柳，山意冲寒欲放梅。④
云物不殊乡国异，教儿且覆掌中杯。⑤

注释

①**小至**：小冬日，即冬至。　②**天时**：指自然变化的时序。**人事**：人世间事。**日相催**：逐日相催。**阳生春又来**：冬至过后，白昼渐长，天气暖和，春天又回来了。　③**五纹**：五色彩线。**添弱线**：加了一根线。魏晋时期，宫中用红线量日影来确定时间，冬至后添一线。又唐时宫中女子做针线活以用线的多少来估量时间。**葭**：初生的芦苇。**六琯**：六根玉管，是六律、六吕的合称。每根玉管代表一种音律。
④**岸容**：河岸的容貌，指水边景象。**待腊**：等待腊月到来。**舒柳**：指柳叶萌生，枝条柔和。**“山意”句**：冬至过了，看山的意思好像要冲破

眼下的寒冷，好让梅花开放。山意，山中的景物意态。 ⑤**云物**：本指太阳旁边云气的色彩、形状，这里就是指景物。**乡国**：即家乡。**覆掌中杯**：干杯。覆，倾倒，即饮尽。

导读

这首诗是诗人大历元年（公元766年）在夔州写的。那时杜甫生活比较安定，心情也比较舒畅。诗歌开门见山就给人紧迫感：时间飞逝，转眼又是冬去春来。颔联别出心裁，用刺绣添线，葭管飞灰，进一步点明季节变化。颈联富有动感特征，“舒柳”、“放梅”，蕴含着生命的张力，体现出春临大地的蓬勃生机。诗人教儿斟酒，举杯痛饮的举动和诗中写冬天里孕育着春天气氛的基调是一致的，都反映出诗人难得的舒适心情。

梅　花

宋·林　逋

众芳摇落独暄妍，占尽风情向小园。①
疏影横斜水清浅，暗香浮动月黄昏。②
霜禽欲下先偷眼，粉蝶如知合断魂。③
幸有微吟可相狎，不须檀板共金尊。④

注释

①**众芳**：百花。**摇落**：凋残，零落。**暄妍**：指在暖和的天气里，景物明媚妍丽。**占尽**：独占。**风情**：风采，风光。**向**：意之所向，归向。 ②**疏影横斜**：指梅花投影在水的样子。疏影，指梅的枝干。**暗香**：指梅花发出的清幽香味。**浮动**：香气飘散的样子。**月黄昏**：月色朦胧昏暗。 ③**霜禽**：冬天的飞鸟。**偷眼**：偷看。**合**：应该。**断魂**：形容神往到极点。 ④**微吟**：小声吟咏。**相狎**：相亲。**檀板**：歌舞时打拍子用的檀木拍板。**金尊**：即金樽，珍贵的酒杯。

导读

这是吟梅的名诗，被后人称为咏梅绝唱。诗用“众芳摇落独暄妍，占尽风情向小园”写出梅的孤标傲世；用“幸有微吟可相狎，不须檀板共金尊”，写出梅对富贵人家的鄙视，表现它的超凡脱俗，创造出一个清高雅洁的形象。这个形象也是诗人作为高人隐士的写照，它表现了诗人不愿与世俗同流合污的品格，但也充满着孤芳自赏的情趣。

这首诗艺术上的成就是把梅花的形态、神采写到了家。后人激赏“疏影横斜水清浅，暗香浮动月黄昏”，说是“暗香和月入佳句，压尽今古无诗才”。林逋这两句诗的好处在于抓住了梅花枝干横斜、花影疏朗、香气清幽的特点，再衬以清浅的池水、朦胧昏暗的月色，表现出十分幽美的境界。五、六句再用鸟、蝶的倾慕进一步烘托出月夜梅花的可爱，使得梅花的形象更为丰满。

在中国诗史上，咏梅的佳作虽多，但把梅花写得那么美，那么清雅绝俗，却是很难找得出第二首来。这首咏梅诗无论是诗中所蕴含的高情逸致，还是以此表现诗人的心态趣味和追求，都是罕见的。全诗以梅为主，通过众芳、霜禽等的映衬，表现出梅花的清新俏丽，超凡脱俗。诗把梅花置身于水边、月下两个与梅花色彩、香气相得益彰的环境中，将梅的形态、清香写透写深，且韵味无穷。因此，“疏影”、“暗香”二词后来成为咏梅的固定语。

左迁至蓝关示侄孙湘[①]

唐·韩　愈

一封朝奏九重天，夕贬潮阳路八千。[②]
欲为圣明除弊事，肯将衰朽惜残年？[③]
云横秦岭家何在，雪拥蓝关马不前。[④]
知汝远来应有意，好收吾骨瘴江边。[⑤]

注释

①**左迁**：古代尊右卑左，官员降职称为“左迁”。**蓝关**：蓝田关，即“峣关”，故址在今陕西省蓝田县东南。古代为关中平原通往南阳盆地的交通要隘。**示**：以事告人。**侄孙湘**：韩愈的侄孙韩湘，字北渚，他是韩愈侄儿韩老成的第二个儿子。②**一封**：指一份谏书。**朝奏**：早上呈上奏章。**九重天**：指皇帝住的宫殿。**夕贬**：晚上就遭到贬谪。**潮阳**：潮阳郡。郡治在今广东省潮阳县。**路八千**：指潮阳到长安相距约八千里。 ③**圣明**：神圣英明，这是封建时代知识分子对皇帝的美称。**除弊事**：除掉有害的事情，这里指谏迎佛骨的事。**肯**：岂肯。**衰朽**：年迈无用。 ④**秦岭**：指横亘陕西南部的山脉。**家**：指今后的归宿。**雪拥**：指大雪拥塞道路。 ⑤**汝**：你，指韩湘。**应有意**：应有打算。**瘴江**：指潮阳一带的江河。南方多瘴气，对人健康不利，故有瘴江之称。

韩愈谏迎佛骨

这是我国历史上儒佛矛盾斗争的一个重大事件。外来宗教与本土的传统思想不相适应，经过几百年的磨合，佛教逐渐被中国人所接受。唐初几个皇帝都是佛教的信仰者，佛教盛极一时。当时有识之士为了国家和人民的利益，依据儒学思想，提出反佛的意见。在唐宪宗元和十四年（公元819年），儒佛矛盾以一种激烈的形式爆发了。元和十四年是开塔的时期，唐宪宗要迎佛骨入宫内供养三日。韩愈听到这一消息，写下《谏迎佛骨》，上奏宪宗，极论不应信仰佛教，列举历朝佞佛的皇帝“运祚不长”，“事佛求福，乃更得祸”。但韩愈没能阻挡宪宗迎佛骨，还险些丧命。

导读

韩愈在贬谪途中，韩湘赶来相送。诗人以悲愤的口吻向侄孙倾诉了远谪的凄恻心情。诗的首二句诉说被贬经过，只是因为一封奏章，就被贬往边地潮阳，且是朝奏夕贬，得罪多快！叙事中已露不平。三、四句用议论手法剖白上表用心，说他为了替皇上除掉弊端，才冒死上书，结果未被采纳，两句诗字字沉痛。五、六句写他南行时的忧伤，云横秦岭，归宿难料；雪拥蓝关，马亦不前。结语沉痛而稳重，进一步吐露了凄楚难言的激愤之情。

这首诗叙事明快，境界雄阔，感情充沛，正气凛然，是韩愈七律中的佳作。总体而言，风格沉郁，笔势纵横，融叙事、写景、抒情为一炉，诗意盎然。

虽然韩愈的处境如此艰难狼狈，但他并没有屈服，诗中最光辉的两句是颔联："欲为圣明除弊事，肯将衰朽惜残年。"这里他仍然坚持自己一贯的主张。韩愈一向排斥佛教，反对佛教的过度膨胀，更反对以国家的名义提倡佛教，他关心和考虑的是国家的长治久安。谏迎佛骨乃是"为圣明除弊事"，有些话非说不可，哪怕因此会丢了身家性命！"圣明"有"弊事"，似乎有点矛盾，其实不然，韩愈始终忠心拥护朝廷，歌颂皇帝，但他有意见照提。

干　戈①

宋·王　中

干戈未定欲何之？一事无成两鬓丝。②
踪迹大纲王粲传，情怀小样杜陵诗。③
鹡鸰音断人千里，乌鹊巢寒月一枝。④
安得中山千日酒，酩然直到太平时。⑤

注释

①**干戈**：古代两种常用兵器，这里代指战争。　②**欲何之**：打算到哪里去。之，前往。**两鬓丝**：指人已老，鬓发白如丝。鬓，是人面颊两旁的头发。　③**踪迹**：指诗人生平踪迹。**大纲**：事物的总要。**王粲传**：王粲的经历。**情怀**：心情。**小样**：有些像。**杜陵**：即杜甫。④**鹡鸰**（jí líng）：鸟名。这种鸟常在水边觅食，飞则鸣，行则摇，像有急难的样子。后便以"鹡鸰"比喻兄弟。**"乌鹊"句**：指乌鹊的窝筑

在月下寒枝上。 ⑤**中山千日酒**：中山，古地名，在今河北省定县一带。**酩然**：大醉的样子。

导读

这首以战争为题材的诗歌没有对战争作正面描写，而是抒写对战争的感受。身处乱世，一事无成，实是对战争的控诉。接下来借王粲、杜甫表明自己的心迹，哀叹战争祸乱，使人骨肉分离。面对现实，前途堪忧，唯有借酒消愁，表达出对平安美好生活的渴望。

归　隐

宋·陈　抟

十年踪迹走红尘，回首青山入梦频。①
紫绶纵荣争及睡，朱门虽富不如贫。②
愁闻剑戟扶危主，闷听笙歌聒醉人。③
携取旧书归旧隐，野花啼鸟一般春。④

注释

①**走红尘**：在人世间奔波。**回首**：回头，引申为回想。**入梦频**：频频入梦。 ②**紫绶**：古代系印纽或佩玉的丝织绳带。官阶高的用红色或紫色，所以用"紫绶"代指高官厚禄。**争**：怎。**朱门**：古代王侯贵族住宅的大门涂成朱红色，代称王侯贵族的住宅。 ③**剑戟**：古代的两种兵器。戟，是将戈，矛合成一体，既能直刺、又能横击的武器。**危主**：国家危亡时的皇帝。**笙歌**：指用笙伴奏的歌曲，这里代指音乐。笙，是一种簧管乐器。**聒**（guō）：喧扰嘈杂。 ④**携取**：拿取。**归旧隐**：归到往日隐居的地方。**啼鸟**：鸣叫着的鸟，这里指鸟雀鸣叫。

导读

这是诗人在华山修道时作的一首归隐诗。唐末五代，世事纷乱，诗人有感于此，决心归隐青山。他认为虽然荣贵，但不及睡觉好；富人虽然有钱，但不及穷人快乐。他讨厌尘世，连国家兴亡的大事也不放在心上，其间虽有对现实不满的一面，但也表露了他逃避现实的消极思想。诗歌虽极力否定世俗红尘，否定功名利禄，但诗人又经常关心世事，关心时政，因而在诗中不自觉地流露出出仕与归隐的矛盾，反映了他对现实的极度不满以及与理想人生形成的冲突。

山中寡妇[①]

唐·杜荀鹤

夫因兵死守蓬茅，麻苎衣衫鬓发焦。[②]
桑柘废来犹纳税，田园荒后尚征苗。[③]
时挑野菜和根煮，旋斫生柴带叶烧。[④]
任是深山更深处，也应无计避征徭。[⑤]

注释

①**山中寡妇**：住在山区的寡妇。寡妇，失去丈夫的妇女。 ②**因兵死**：因战祸而死。兵，指战争。**蓬茅**：指用蓬蒿、茅草盖的屋子。**麻苎**：即苎麻。麻皮经过加工可织成布。**焦**：枯黄。 ③**桑柘**：桑树和柘树。它们的叶子都可养蚕。**废**：荒废。**征苗**：征收青苗税。唐德宗时开始征收的田亩附加税叫“青苗税”。 ④**时**：时时。**挑**：挖。**和根煮**：连根一起煮。**旋斫**：现砍。**生柴**：刚从树上砍下来的湿柴。 ⑤**也应**：也该。**征徭**：赋税和劳役。

导读

这首诗以通俗的语言刻画出一个极端贫苦的山中寡妇的形象：她鬓发焦黄，面容憔悴，穿着苎麻织的粗布衣裙。战争夺去了她的丈夫，她只好孤守着破旧的茅屋。桑柘废了、田园荒了，她还要缴纳各种赋税。统治者的盘剥使她过着非人生活，吃野菜，舍不得去根；烧生柴，等不得晒干。这个寡妇的形象有很强的典型性。她概括了唐末广大农民在死亡线上挣扎的情形。她的遭遇还说明造成农民不幸的原因乃是连年不断的兵乱和无孔不入的赋税。尾联采用一般乐府手法点明题义，对寡妇进行同情感叹，并一针见血地指出官府对人民的沉重压迫及社会制度的不合理，扩大了诗的意蕴。诗写得很精炼，以短篇代替了乐府歌行的长篇叙事，却又面面俱到。这首诗是对当时社会的真实写照，大胆地针砭时弊，具有很强的现实意义。

送天师①

唐·朱　权

霜落芝城柳影疏，殷勤送客出鄱湖。②
黄金甲锁雷霆印，红锦韬缠日月符。③
天上晓行骑只鹤，人间夜宿解双凫。④
匆匆归到神仙府，为问蟠桃熟也无。⑤

注释

①**天师**：张天师。东汉沛国（今江苏省丰县）人，张道陵创天师道，被道教徒尊为“天师”。　②**芝城**：指鄱阳县城（位于今江西省波阳县东），因县城北靠芝山得名。**柳影疏**：指秋冬间，柳叶凋零，枝条稀疏，投影在地稀稀朗朗。**鄱湖**：即鄱阳湖，中国最大的淡水湖。位于江西省北部，鄱阳县在湖的东边。　③**黄金甲**：指装印斗的外套，可能饰有金属，言“黄金”是极言其贵重。**雷霆印**：形容天师的印有雷霆般的威力。**韬**：掩藏的套子。**缠**：缠绕。**日月符**：指符表如同日月一样光耀。符，符箓。　④**只鹤**：一只仙鹤。**双凫**：一对野鸭。⑤**神仙府**：指张天师在龙虎山的道观。**蟠桃**：传说中的仙桃，三千年一熟。

导读

朱权在南昌与道士过从甚密，这首诗就写他送别张天师的事。

诗的一、二句叙述霜落芝城，表达诗人殷勤送别之意；次二句言天师印若雷霆、符比日月，称其道术之高；五、六句说他跨鹤而来，乘凫而去，赞其仙踪迅速；末二句写他匆匆回府，问讯仙桃，极言洞府之奇。全诗想象丰富，色彩斑斓，富有很强的形象性。一词一句，都与仙家道术有关，使诗带有有缥缈迷离之况。送行诗贵在切合行者身份，有真情实感，否则便易堆砌常词，落入俗套。这首诗虽然内容空洞，也无感情可言，但在把握张天师身份上还是成功的。

送毛伯温[①]

明·朱厚熜

大将南征胆气豪，腰横秋水雁翎刀。[②]
风吹鼍鼓山河动，电闪旌旗日月高。[③]
天上麒麟原有种，穴中蝼蚁岂能逃！[④]
太平待诏归来日，朕与先生解战袍。[⑤]

朱厚熜

朱厚熜（cōng），明嘉靖帝，兴献王朱祐杬长子。武宗于公元1521年3月病死，由于武宗没有留下子嗣，又是单传，因此皇太后和内阁首辅杨廷和决定，由最近支的皇室，武宗的堂弟朱厚熜继承皇位，第二年改年号为嘉靖。

注释

①**毛伯温**：字汝厉，吉水（今江西省吉水县）人。生活于正德（公元 1506 年—公元 1521 年）、嘉靖（公元 1522 年—公元 1566 年）时期，嘉靖十五年（公元 1536 年），安南（即今越南）世孙黎宁派人向明世宗诉说莫登庸弑逆之罪。十八年（公元 1539 年）嘉靖皇帝任命毛伯温为兵部尚书兼右都御史率兵南征，次年驻南宁，结果不发一箭平定安南。毛伯温出京时，嘉靖皇帝作此诗为他送行。 ②**大将**：指毛伯温。**征**：征讨。上伐下为征。**腰横**：腰挂。**秋水**：秋天的水清净明亮，古代诗人常用它形容刀剑的光亮，甚至就用它代指刀剑。③**鼍**：即扬子鳄，夜鸣如击鼓一般。**电闪旌旗**：指闪电照亮旗帜。旌旗，各种旗帜。**日月**：指旌旗上所绘的日月图案。 ④**麒麟**：古代传说中的一种珍贵动物。**蝼蚁**：蝼蛄和蚂蚁之类的小动物，比喻卑贱、不足轻重的人物。 ⑤**待诏**：等待皇帝的命令。**朕**：古人自称。从秦始皇起，成为皇帝专用的自称。**先生**：指毛伯温。

麒麟

亦作“骐麟”，简称“麟”，是我国古籍中记载的一种动物，与凤、龟、龙共称为“四灵”，是神的坐骑，古人把麒麟当作仁兽、瑞兽。雄性称麒，雌性称麟，现实中常认为长颈鹿是麒麟的原型，常用来比喻杰出的人。

导读

诗写送人出征，表现了诗人对南征必胜的信心和对主将的殷切期望。首联写主将气概和出师时的装束，充满豪壮之气；颔联写鼓鸣旗展，以衬军威；颈联言麒麟有种，蝼蚁难逃，比喻中有议论，写出作者的必胜信念；尾联写他等待班师凯旋，到时将亲自为主将解下战袍，勉励中含有期望。整篇诗声势雄壮，意气高扬。送臣子而有真实感情，不同于一般的御制诗。全诗夹叙夹议，情景交融，措辞中肯，语气自然，没有居高临下的态势。

五言绝句

春　　晓[①]

唐·孟浩然

春眠不觉晓，处处闻啼鸟。[②]

夜来风雨声，花落知多少？

注释

①春晓：春天的早晨。 ②不觉晓：不知不觉天就亮了。

导读

这是一首著名的抒情小诗。表面上写鸟啼、风雨和落花，实际上写的是春天万物萌动、生机勃勃的欢欣气氛。描绘了一幅春天雨后清晨生机勃勃的绚丽图景，抒发了诗人热爱春天，珍惜春光的美好心情。它不仅明白如话，清新自然，而且曲折深致，情韵悠长。全诗从“春晓”着笔，首句第一个字就点明季节特点，春天来了，我正睡得甜，不觉天已大亮。一觉醒来，听见处处都能听见鸟儿的歌唱。朦朦胧胧中，诗人想起昨夜风雨声，联想到春花被风吹雨打、落英遍地的景象，发出“花落知多少”的惋惜之叹，表达了惜春之情，惜春也是爱春，因此喜悦是全诗的基调。

访袁拾遗不遇①

唐·孟浩然

洛阳访才子，江岭作流人。②

闻说梅花早，何如此地春。③

注释

①**袁拾遗**：袁瓘，诗人的友人，曾任拾遗。 ②**才子**：有文才的人，这里指袁拾遗。**江岭**：即大庾岭，五岭之一，在今江西省大余县和广东省南雄县交界处。**流人**：因有罪流放岭外的人。 ③**梅花早**：旧说大庾岭多梅花，因气候不同，岭南的早开，岭北开得较迟。**“何如”句**：跟这里的春色相比怎么样。此地，指洛阳。

导读

这首诗里包含了相当复杂的情绪，既有不平，也有伤感；感情深沉，却含而不露，是一首精炼而含蓄的小诗。诗人到洛阳访问友人，不想他已因罪而流放到岭外，感到十分失望和惋惜，但这种心情不是正面抒写，而是借岭外和洛阳的物候不同来表达的。岭外虽有早梅可以观赏，可是总不如故乡洛阳春色宜人，叹惜这个有才华的袁拾遗的不幸，尽在不言之中。

诗由洛阳起句，以对句导出江岭，再因江岭念及“梅花早”，随后通过对比发问将视点重新引回洛阳，意象的组织安排自然巧妙，毫无矫揉造作的感觉。孟浩然的诗看似平淡质朴，内中蕴蓄的感情却十分真醇，需要反复品赏才能有所领悟，有所体味。诗歌采用抑扬顿挫的写法使诗人的真意更加鲜明，语气更加有力，伤感的情绪也更加浓厚。

此诗写于诗人的友人被贬南岭。南岭包括五座很大的山，也是一条天然的气候分界线。南岭中的大庾岭（在今江西、广东两省之间），以梅花著称，据说“大庾岭上梅，南枝落，北枝开。寒暖之侯异也”（《白孔六帖·梅》）。友人袁瓘被流放到岭南去，应当会比较早的看到梅花了，但那里的春天同洛阳相比又如何呢。问这样一个似乎不着边际的问题，隐含着诗人对于落难之友的同情。

送郭司仓[①]

唐·王昌龄

映门淮水绿，留骑主人心。[②]

明月随良掾，春潮夜夜深。[③]

春潮

海水到了一定时间，便迅猛上涨，达到高潮；过后一些时间，上涨的海水又自行退去，留下一片沙滩，出现低潮。如此循环重复，永不停息。海水的这种运动现象就是潮汐。春潮就是春天的潮汐，形容其势之猛。

注释

①**郭司仓**：生平不详，诗人的友人。司仓，州刺史下管粮的官，称为司仓参军。 ②**淮水**：在今安徽省境内。**留骑**：挽留郭司仓。骑，指骑马的人。 ③**掾**（yuàn）：古代州刺史下属官吏的通称，这里指郭司仓。

导读

王昌龄在唐代有"七绝圣手"的美誉，他的五绝虽不如七绝那么超凡出众，却也写得别有风致。这是一首写离别之情的绝句，它将诗人的内在情感与外在的客观景物相对应，化抽象为具体，也是深得诗家三昧的佳作。诗中首先描写饯别友人的环境，春天的淮水，碧波荡漾，映照门楣，而诗人对即将分别的郭司仓的情意像淮水一样深长，所以惜别饯饮，直到明月高照。随着时间的推移，友人终于在皎洁的月光中登程上路，好像明月也伴随着他前行。这充分表达了诗人对郭司仓的深挚情谊。结尾一句和第一句照应，把离情别绪推向高潮，友人离去，诗人思念之情久久不能平静，就像春潮一样波浪起伏。这首诗半是实景，半是虚境；半是白昼，半是夜晚；半是相聚，半是分离。前后比照映衬，饶有意趣，显示出诗人技巧的纯熟与高超。

洛阳道[①]

唐·储光羲

大道直如发，春日佳气多。[②]
五陵贵公子，双双鸣玉珂。[③]

注释

①在《全唐诗》中此诗题为《洛阳道五首献吕四郎中》。这是第三首。 ②佳气：大好气象。这里指春天明媚绚丽的宜人景色。③五陵：长安附近汉代帝王的五座陵墓，即长陵、安陵、阳陵、茂陵、平陵。当时曾迁徙一些富豪权贵之家到五陵，故后世以五陵指豪门贵族所居之地。玉珂：马勒上的玉器装饰，行走时碰击作响。

导读

诗人以洛阳道为题材，描写得生动传神。诗的前两句点明时间地点。大道宽广笔直，春天到来，和风拂人，风景秀丽。这样的地方，这样的气候，自然最适宜跑马游赏，这就为那些贵族公子游春作了铺垫。诗的最后一句，形象地勾画出贵公子双双两两骑着装饰华丽的骏马，相继出城春游的图景；从马行时玉器发出的撞击声，使人联想到骑在马上的贵公子旁若无人的神态，十分传神。

独坐敬亭山[①]

唐·李　白

众鸟高飞尽，孤云独去闲。[②]
相看两不厌，只有敬亭山。[③]

注释

①敬亭山：在今安徽省宣城县西北，原名昭亭山，山上旧有敬亭，为南齐诗人谢朓吟咏之处。 ②独去闲：指云彩独自悠闲离山而去。③“相看”句：是把敬亭山拟人化，山与人彼此相看不厌。

导读

历代山水诗在描摹自然风景时往往加以详尽的铺排渲染，或正面落笔，或侧面烘托，层层演进，用的是“加法”。这首诗却反其道而行，用“减法”来写景言情，以收传神之效。这首小诗构思新颖，表现奇特。诗中不仅没有一句正面描绘敬亭山的面貌，而且连衬托敬亭山的幽美景色的飞鸟、孤云都摒弃在画面之外，敬亭山只有粗犷的轮廓。诗人以奇妙的想象和高超的艺术表现力，赋予敬亭山以人的思想性格，这样，就把静景写活。敬亭山饱含深情，脉脉无言地看着诗人，而诗人也凝神注视着敬亭山，物我交融，浑然一体。“相看两不厌，只有敬亭山”，既传出诗人独坐久看之神，也写出了敬亭山的风貌，可以说是言尽意不尽。全诗平淡恬静而动人，诗人的思想感情与自然景物达到了高度的融合。仔细品味全诗，针线绵密，前两句写出“独坐”出神，后两句是“独坐”所感，使人感觉独特。

李白笔下的山水都已经人格化了。后来辛弃疾在词中说“我见青山多妩媚，料见山见我应如是”（《贺新郎》），也是写自己与青山互相欣赏的。

登鹳雀楼①

唐 · 王之涣

白日依山尽，黄河入海流。②

欲穷千里目，更上一层楼。③

注释

①**鹳雀楼**：故址在今山西省永济市蒲州古城西面的黄河东岸。②**依山尽**：指落日从山的背后慢慢下降。③**穷**：穷尽。**千里目**：指眺望极远的地方。**更**：再。**一**：并不是实数，表示再向上一级攀登。

导读

这首诗是唐人绝句中不朽的名篇，历来脍炙人口，全诗豪放雄壮，意境深远。在描绘祖国壮丽的山河中寄予着深刻的哲理，洋溢着昂扬向上的激情。诗的前两句大笔挥洒，画出了一幅山衔落日、黄河奔腾的壮丽图画，给人以无比壮美的感受。但诗人不满足于此，还要把人带上更高的境界，要再向上攀登，去穷尽天下的美景，这是何等宽广的胸怀和不凡的气概。这种积极向上的精神永远给人以鼓舞。这首小诗在艺术上也相当完美，全诗对仗工整，含蓄蕴藉。

鹳雀楼

鹳雀楼，位于今山西省永济市蒲州古城西面的黄河东岸，共六层，前对中条山，下临黄河，是唐代河中府著名的风景胜地。它与黄鹤楼、岳阳楼和滕王阁齐名，被誉为中国古代四大名楼。相传当年时常有鹳雀栖于其上，所以得名。由于楼体壮观，结构奇巧，加之区位优势，风景秀丽，唐宋之际的文人学士登楼赏景留下许多不朽诗篇，其中王之涣的这首《登鹳雀楼》堪称千古绝唱，流传于海内外。

鹳雀楼始建于北周，宋代时遭水淹失去往日的繁华和兴盛，遂于元初毁于战乱。1997年12月，鹳雀楼复建工程破土动工，重新修建的鹳雀楼为钢筋混凝土剪力墙框架结构，设计高度为73.9米，总投资为5500万元，截至2001年，主体工程已完成封顶。现在，这座九层高楼在永济市黄河岸边落成。登楼观大河，其势依旧雄伟壮观，令人遐想。

观永乐公主入蕃[①]

唐·孙 逖

边地莺花少，年来未觉新。[②]

美人天上落，龙塞始应春。[③]

注释

①**永乐公主入蕃**：唐玄宗开元五年（公元717年），契丹王李失活入朝。十二月唐玄宗封东平王外孙女杨氏为永乐公主，嫁李失活。②**“边地”二句**：新年已过而边地春光来迟，还没有领略到明媚的景色。边地，边塞。③**美人**：指永乐公主。**龙塞**：即卢龙塞，故址在今河北省卢龙县西北。这里泛指边塞之地。**应春**：顺应春天的节气。

导读

这首诗是诗人因见永乐公主远嫁契丹王有感而作。“边地莺花少”用白描手法刻画出塞外的荒凉冷寞，春光难见，这为永乐公主入藩做了铺垫。后两句强调公主入藩给边地带来的焕然一新的景象，而这个春光似乎又不止于自然光景，而是悲永乐公主远嫁异域，因而诗歌言近而意远，含蓄深远。

春　怨

唐·金昌绪

打起黄莺儿，莫教枝上啼。[①]

啼时惊妾梦，不得到辽西。[②]

注释

①**打起**：赶黄莺飞走。**莫教**：不让。②**妾**：女子自称。**辽西**：

辽河以西，今辽宁省西部地区。

导读

《春怨》这首诗以其独特的构思和新奇的风貌，千百年来，赢得了人们的喜爱和激赏。诗写女子怀念远戍辽西的丈夫，醒时不能与丈夫相见，但设想梦中到辽西去和丈夫团聚，但没想到美梦竟被黄莺给破坏了，所以怨恨之情自然一股脑儿地泼到黄莺身上。在写法上，本诗是先果后因，它易于造成悬念，增强诗的波澜和美的情趣。莺啼婉转，百唱千回，这位少妇竟“打起黄莺儿”，而一旦我们明白了其中缘由后又一下子被少妇的真挚情感所感动，并寄以无限同情。到此，诗的春怨主题，生动活泼地反映出来。二十个字，情深意远，含蓄不尽，极富民歌风味和浓郁的生活气息。

左掖梨花[①]

唐·丘　为

冷艳全欺雪，余香乍入衣。[②]

春风且莫定，吹向玉阶飞。[③]

注释

①左掖：唐代门下省的官署在宫殿左边，称左省，也称左掖。掖，旁边。　②“冷艳”句：梨花在初春开放，一片白色，给人的感觉是冷、艳压过白雪。欺，胜过，压过。乍：忽然，突然。　③定：止。

导读

这首咏宫廷梨花的绝句，是一首托物言志的诗，寄托着诗人希望得到重用而施展抱负的理想。宫廷中的梨花，洁白明艳胜过白雪，芳香四溢，侵袭人衣，这是写梨花高洁芬芳，也含有诗人以梨花自喻的意思。所以最后两句希望从四面吹来的春风，把这洁白而清香袭人的梨花吹向皇宫的玉阶前，得到君王的顾盼，含蓄地表达了诗人初仕朝廷，想在政治上有所作为的愿望。诗人借咏梨花来表达自己希望得到朝廷重用，一展才华的抱负。这首诗从各个角度描摹了梨花，不即不离，精彩倍出。

思君恩

唐·令狐楚

小苑莺歌歇，长门蝶舞多。①

眼看春又去，翠辇不曾过。②

长门

长门宫原是馆陶长公主刘嫖的私家园林，后改建成宫殿，用作皇帝去往祭祀先祖时休息的地方。后来刘嫖的女儿陈皇后被废，迁居长门宫。相传皇后陈阿娇不甘心被废，千金买赋，得司马相如所做《长门赋》，以期君王回心转意。此赋使长门之名千古流传。长门宫亦成为冷宫的代名词。自汉以来古典诗歌中，常以“长门怨”为题发抒失宠嫔妃的哀怨之情。

注释

①小苑：指宫廷中的林苑。长门：汉宫名。汉武帝时陈皇后失宠，谪居长门宫，后遂代指失宠嫔妃居住的内宫。 ②翠辇：皇帝的车驾。过：到。

导读

这是一首描写宫女幽怨的宫词。皇宫历来是神圣而神秘的地方，其一大特点是内有大批的妃嫔宫女，她们唯一的希望是得到皇帝的喜欢，从而取得崇高的地位。但是这种希望显然是很渺茫的。诗歌用黄莺、蝴蝶的此消彼长来说明春光流转，岁月飞逝。而“翠辇不曾过”却使得宫女们红颜空老，青春枉驻，流露出无限的悲哀与怨恨，也表达了诗人对宫廷生活的冷漠、不近人情的控诉和对宫女的怜惜之情。

题袁氏别业

唐・贺知章

主人不相识，偶坐为林泉。①

莫谩愁沽酒，囊中自有钱。②

注释

①“主人”二句：偶然来袁氏林园小坐，是为了欣赏林泉美景。主人，指袁氏。 ②“莫谩”句：主人不要空自愁虑无钱买酒。莫谩，无须，不要。谩，空白，多余。

导读

这首诗写得朴素自然而又富于生活情趣。诗人和林园的主人袁氏并不相识，因春游到此，见林泉美景，于是坐而观赏。诗人还坦率地向主人表白，不必愁无钱买酒，自己袋中有钱，可以拿去买酒共饮。诗中没有正面描绘袁氏林园的幽美，只选取与主人偶遇的一个片断来写，鲜明地表现了诗人坦荡豪放的性格，情趣盎然。诗歌写得活泼清新，富于情趣。诗以短短数句将自己豪放洒脱的性格展示出来，写得直截了当，形式与内容结合完美。

夜送赵纵①

唐・杨　炯

赵氏连城璧，由来天下传。②

送君还旧府，明月满前川。③

注释

①赵纵：生平不详。诗人的友人。 ②连城璧：战国时赵惠文王

璧

中国古代用于祭祀的玉质环状物，凡半径是空半径的三倍的环状玉器称为璧。《尔雅》云："肉倍好谓之璧，好倍肉谓之瑗，肉好若一谓之环。"，所谓肉是指边，好是指孔。实际上这一比例仅仅是理想的，实际出土的玉器很少合乎这一比例。

得到一块美玉，秦昭王知道后，说愿意用十五座城池来换这块美玉，所以称为连城璧。后亦泛指珍贵之物。这里以连城璧比喻赵纵。**由来**：向来。 ③**旧府**：赵纵的故乡在山西，是赵国的旧地，也是连城璧的故土，所以称旧府。府，宅第。

导读

这一首送别诗，很有情致。诗一开始就用连城璧来比赵纵，十分贴切，因为赵纵姓赵，又是赵国旧地的人。以美玉比人，这就把赵纵的风貌、才能具体化了。结句"明月满前川"一句，与诗歌相呼应，点明送别时间，描绘在洒满月光的夜色中，沿着河川送别赵纵的情景，其中饱含着诗人对挚友的深厚情谊，韵味含蓄而深长，除了点出送别的时间是月夜外，还隐约表达了一路平安的祝愿。"明月满前川"是实况，好在语意相关，用平淡凄清的景语，表达了自己与友人依依惜别的心情，有有余不尽之味。

竹里馆①

唐·王　维

独坐幽篁里，弹琴复长啸。②

深林人不知，明月来相照。③

注释

①**竹里馆**：辋川别墅胜景之一。 ②**幽篁**：幽深的竹林。 ③**深林**：即幽篁，竹林。

导读

王维在这首景色清美如画的诗中，抒发了他置身于大自然的淡泊情志和闲适的胸怀。独自坐在幽深茂密的竹林中，这不能不说是太寂寞了。但诗人却喜欢在这竹林中独坐，“弹琴复长啸”，与大自然同乐。这不仅衬托出环境的幽静，也表现出了诗人情韵的高雅。在这样一个与世隔绝的天地里，庸俗之辈又哪里懂得诗人的心境呢？只有明月是懂得诗人的，特地来相照。短短四句，抒发了安闲自得之情，并使外景与内情交融无间、融为一体，意境幽静，情趣盎然。此诗在语言上，则是从自然中见至味，从平淡中见高韵。

送朱大入秦①

唐·孟浩然

游人五陵去，宝剑直千金。②

分手脱相赠，平生一片心。③

注释

①**朱大**：诗人的朋友。**入秦**：到长安去。秦地本泛指今陕西省、甘肃省一带，因为春秋、战国时这一带属于秦国。这里说的“秦”，实指长安。 ②**游人**：离家远游的人。这里是指朱大。**五陵**：地名，汉代五个皇帝陵墓所在地，在长安附近。这里是长安的代称。**直**：同“值”。**千金**：千斤黄金，用以形容宝剑的极其贵重。 ③**脱**：脱落，脱去，这里是摘下的意思。

五陵原

五陵原，是以西汉王朝在这里设立的五个陵邑而得名的。汉高祖九年（公元前198年），刘邦接受了郎中刘敬的建议，将关东地区的二千石大官、高訾富人及豪杰并兼之家大量迁徙关中，伺奉长陵，并在陵园附近修建长陵县邑，供迁徙者居住。以后，汉惠帝刘盈在修建安陵，汉景帝在修建阳陵，汉武帝在修建茂陵，汉昭帝在修建平陵之时，也都竞相效尤，相继在陵园附近修造安陵邑、阳陵邑、茂陵邑和平陵邑。

导读

这是一首赠别诗。朱大要到长安去，临别的时候，诗人摘剑相赠，以壮行色。古人身边常有佩剑或佩刀，这是他们雄心壮志的象征。诗中写解下宝剑相赠，表示了诗人对朋友重于千金的友情，同时还隐含着他对朋友此次远游的殷切期望。末句“平生一片心”，语意朴素自然，饱含了诗人的浓情厚意，胜过了千言万语。

这首诗的章法也很有特色。一般的绝句都是两句一组，这首诗第一句算一组，后三句算一组，在不均衡之中表达主题，读起来很见气势，与诗豪迈慷慨的内容配合得非常好。

长干行（其一）

唐·崔颢

君家何处住？妾住在横塘。①

停船暂借问，或恐是同乡。②

注释

①**君**：你，指男方。**妾**：女子自称。**横塘**：堤名。旧址在今南京市西南。②**借问**：请问别人。**或恐**：也许。

导读

崔颢的《长干行》共四首，这里是其中的第一首。此诗是饶有风趣的、清新活泼的民歌体小诗，以年轻姑娘为主角。在这浩荡壮阔的江面上，姑娘与另一船上的男青年相遇，虽素昧平生，却蓦然问起了对方家住何处，还未等到对方的回答，自己又急于说出了“妾住在横塘”。这就把船家女儿的热情和大胆生动地表现了出来。在这亲切而深情的问答中，姑娘忽然感到有点唐突，于是转口道：“我不过是这样问问罢了，或许我们还是同乡咧。”这话多么得体，它不仅掩饰了姑娘的羞涩，也显露出了姑娘的敏捷和聪慧。

这首诗的生活气息很浓，透过简单的语言和动作，使人看到了一幕富有情趣的小话剧。格调清新，意境含蓄。

咏　史

唐·高　适

尚有绨袍赠，应怜范叔寒。[①]

不知天下士，犹作布衣看。[②]

注释

①**绨袍**：一种粗厚光滑的丝织品做的袍子。　②**天下士**：这里是指被认为是天下豪杰之士的。**布衣**：普通老百姓。

导读

咏史是借历史史实或历史人物来抒发情感。高适在这首《咏史》诗中，借须贾赠绨袍给范叔这一历史事实，加以发挥，抒写了自己坎坷不遇的情怀。开头两句是写史实，而接着的两句，则是在这个史实的基础上，推开一步，是说像范雎这样有才识的豪杰之士，现在也有，只不过是当作普通老百姓来看待而已，这是多么不公平啊。这种豪杰之士不为人知的感慨，正是高适自己怀才不遇的伤痛心情的写照。咏史诗不必细述史实，只须略一点到，重点在于抒发感慨。本诗头第一句"尚有绨袍赠"突兀而起，已将所用的典故包含在内，这就无须拖泥带水地说许多话而自尽快地抒发感慨。这是很高明的手法。

罢相作

唐·李适之

避贤初罢相，乐圣且衔杯。[①]

为问门前客，今朝几个来？

注释

①**避贤**：避位让贤，即离开相位让给贤能有德的人担任。**乐圣**：好酒，喜好饮酒。古人有以清酒为圣人，浊酒为贤人的说法。因此，这里的“避贤”、“乐圣”，有可能是一种隐语。所谓“避贤”，就是避开污浊的小人，而“乐圣”，不仅是说喜好清酒，也是自为清高的意思。**衔杯**：指饮酒。

导读

这首《罢相作》的诗，是对李林甫的陷害有所不满而作的一首讽刺诗。开头两句，叙写自己由于让贤，辞去了丞相职务，在饮酒中寻求快乐。后两句用提问的方式来说明罢相前后的强烈对比，是对世人趋炎附势、人心不古的有力鞭挞。诗真实地表现了不当丞相之后门庭冷落的景况，刻画出炎凉的世态。语句平和，但含意很深刻。

逢侠者①

唐·钱起

燕赵悲歌士，相逢剧孟家。②

寸心言不尽，前路日将斜。③

燕赵悲歌

古老的燕赵文化，朴实豪放的民风，造就了世代相传的燕赵侠风。被尊为“唐宋八大家”之首的韩愈有句名言“燕赵多慷慨悲歌之士”。的确，在这块古老神奇的土地上，自古豪杰英雄辈出。有“千场纵赙家仍富，几处报仇身不死”的邯郸游侠；有“风萧萧兮易水寒，壮士一去兮不复还”的燕地刺客荆轲；有“士为知己者死”的邢地刺客豫让；有景阳冈赤手打虎的清河好汉武松；有“当阳桥头一声吼，喝断了桥梁水倒流”的涿郡猛张飞；有英勇抗击蒙古瓦剌族入侵，写下“粉骨碎身全不怕，要留清白在人间”壮烈诗篇的于谦；有戊戌变法失败，慷慨赴死的“戊戌六君子”；有“铁肩担道义，妙手著文章”的共产主义斗士李大钊；有英勇抗击日寇、血染沙场的狼牙山五壮士……古往今来，唱出了一曲又一曲激烈、高亢的浩浩燕赵歌。

注释

①**侠者**：旧社会里勇于帮助他人的豪侠之士。 ②**燕赵**：周代的两个诸侯国，均为战国七雄之一。燕在今河北省北部和辽宁省南部。赵在今山西省北部和河北省西部与南部一带。**悲歌士**：即慷慨悲歌的豪侠之士。**剧孟**：汉代洛阳人，以侠义闻名于世。 ③**寸心**：心中。**言不尽**：说不完话。**前路**：前面的路途。**日将斜**：太阳快要落山了。

导读

这是一首因路遇侠者而写的赠别诗。开头两句，用“燕赵悲歌士”，借以比拟所遇见的侠者；而“相逢剧孟家”，则是说他们两人相逢于洛阳道中，因剧孟不仅是侠者，而且是洛阳人。如此写来，极为切合侠者身份。后两句陡然一转，由游侠想到人间的不平事，千言难尽。全诗结构完整，一气呵成。

江行无题[①]

唐·钱 起

咫尺愁风雨，匡庐不可登。[②]
只疑云雾窟，犹有六朝僧。[③]

注释

①**江行无题**：《江行无题》共一百首，这里是第六十九首。 ②**咫尺**：形容距离很近。咫，是古代的长度单位，周制八寸为一咫。**愁风雨**：因风雨而发愁。**匡庐**：庐山，又称匡山。传说殷、周之际有匡俗七兄弟在此山结庐隐居，故称匡庐。 ③**云雾窟**：指云雾遮掩的石洞。**犹有**：还有。**六朝**：泛指公元三世纪初至六世纪末这一历史时期。

六朝

又称六代。吴、东晋、宋、齐、梁、陈六个朝代先后建都于建康(吴称建业，今江苏南京)，史称六朝。

导读

诗的开篇即气势磅礴，突出了庐山的高峻险阻，带出“匡庐不可登”的那种可望不可及的复杂心情。诗人船泊九江，本想登山一游，无奈风雨不止，只能对山出神。这时，他透过雨帘，看到蒙蒙雨雾中的庐山，峰峦时隐时现，倒有一种神奇的感觉，他想在那云雾缭绕的石洞中，或许还住着六朝时候的高僧吧。这种遐想，极为生动地写出了诗人人未登山而心驰神往的生动情景。诗人从虚处落笔，显得韵味很足。“疑”字用得巧妙，使诗更觉缥缈虚幻、与景相扣，且拓展了诗的内涵，引导人们发挥想象。

整首诗实题虚作，大题小作，一字一句都充满了强劲的张力和非凡的气势。

答李浣[①]

唐·韦应物

林中观易罢，溪上对鸥闲。[②]

楚俗饶词客，何人最往还？[③]

注释

①**李浣**：诗人的朋友。《答李浣》共三首，这是第三首。 ②**观易**：读《易经》，即《周易》，儒家经典之一。**闲**：悠闲。 ③**楚俗**：楚地的风俗人情。楚，泛指今湖北省、湖南省一带，这里春秋、战国时属于楚国。**饶**：多。**词客**：本指工于文辞的人，这里可解为诗人。古代楚地多文士，著名的有屈原、宋玉，所以诗中说“楚俗饶词客”。**最往还**：来往得最密切。往还，来往。

导读

这是一首赠答诗，诗人以平和的语气与朋友聊家常，关心着对方的近况。前两句是对自己生活的写照，读读书，欣赏溪上风光，写出了诗人悠闲自在的生活境况，并摘取了两个片段，概括了自己生活的舒适，道出自己的满足与隐趣。后两句是问对方楚地的生活，不问其他事，单问交游作诗，问得不俗，既推崇对方的人品，又表明自己的胸襟、含意丰富。

诗以想象开始，以询问结束，字句间充溢着对朋友的深切理解和关怀，流露出无可掩饰的真挚情谊。

秋风引[①]

唐·刘禹锡

何处秋风至？萧萧送雁群。[②]

朝来入庭树，孤客最先闻。[③]

注释

①**秋风引**：即秋风曲。引，古代乐府诗歌体裁的名称。 ②**“萧萧”句**：萧萧秋风在追逐着南飞的雁群。萧萧，秋风声。 ③**“朝来”句**：是说“送雁群”的秋风，一早就吹进了庭前的树林。即庭前的树林在秋风中瑟瑟作响。**孤客**：独居他乡的人，诗人自指。

导读

秋风是古典诗词中常见的一个陪衬性意象，在这首诗里，它则成了诗人主要描写对象。目送雁群南归，诗人心中涌起无限乡愁。虽然诗人对于风吹树木的萧萧声十分敏感，不忍卒听，却总是“最先闻”，深刻表达出诗人内心的孤寂，落寞之感，使诗人的离愁别绪达到高潮。

这首诗的好处就正在于它叙写悲秋之情而能不动声色，不是直接说破而是借助于萧萧秋风，瑟瑟雁群和簌簌庭树的点缀、衬托与限定，将诗作的题旨暗示出来。这一手法曲折委婉，深得诗法精髓，是很值得推崇的。

秋天，本来就是一个万物凋零的季节，从自然界的事物中诗人肯定感受到的是与之相类似的人世变化的无常，从而引发了无尽的愁思。可以说，诗人写的是秋风，但句句都渗透着浓厚的哀怨。

秋夜寄邱员外①

唐·韦应物

怀君属秋夜，散步咏凉天。②

空山松子落，幽人应未眠。③

注释

①**邱员外**：名丹，曾任官仓部、祠部员外郎，后隐居。 ②**属**（zhǔ）：适逢。 ③**幽人**：幽居之人，即隐士，这里指邱丹。

导读

韦应物的这首诗，内容单纯却情深意浓。诗的开头两句，写秋夜散步，吟咏怀友，把自己的孤寂和对友人的怀念，极其自然地结合了起来。后两句却笔锋一转，从自己眼前的现实，跳到了对方那里。秋天的山野，万木萧疏，成熟的松子，落在地上发出了轻微的声响，这是何等的静寂。此时此刻，你这位隐居山林的“幽人”，大概也是睡不着，难耐这秋夜的凄凉吧。这样描写，不仅把两地的相思通过想象的翅膀连成一片，而且突出了诗人对邱丹的怀念。这首五言绝句如同一幅中国古山水画，淡着墨痕，语浅情深，愈读愈觉清香袭人。

秋　日

唐·耿　沣

返照入闾巷，忧来谁共语？①

古道少人行，秋风动禾黍。②

注释

①**返照**：指夕阳返照的余晖。**闾巷**：门巷。闾，巷口的大门。**谁共**

语：和谁一起说话。 ②动：吹动。禾黍：稻谷和黍子，这里泛指田地里的庄稼。

导读

这是一首触景生情的秋日感怀诗。诗描绘秋日傍晚的寂静凄凉景色，抒发了满怀忧愁而又无人“共语”的悲哀。语言凝练，耐人寻味。“秋风”句使人联想起《诗经·离黍》这首周朝臣子哀叹周朝灭亡的诗歌，大概诗人正为战乱频繁、国势衰弱而担忧。这首诗的结构很简单，情调却很苍凉，但画面还是生动的，像是一幅淡墨的秋山村居晚景图，艺术上还是可供借鉴的。夕阳、古道、悲风营造出浓浓的秋意，渲染出诗人心中的淡淡的衰愁，无可诉的忧伤得到自然流露。

秋日湖上

唐·薛　莹

落日五湖游，烟波处处愁。[①]
浮沉千古事，谁与问东流！[②]

注释

①五湖：指苏州太湖。 ②“浮沉”句：千古的往事起起落落，似随波浪上下翻滚。

导读

这是一首湖上怀古的作品，它反映出了一种世事浮沉的消极思想。春秋时吴国和越国，是相邻的两个诸侯国，都在今江苏、浙江一带，同太湖有着密切的联系。诗人于秋日傍晚泛舟五湖，烟波浩渺，风起水动，引发了诗人种种愁思，既有日暮乡关之愁，又有怀古凭吊之愁。当时吴被灭亡而越称霸，如今都已成为往事陈迹，所以说是“浮沉千古事”，早已付诸东流了，谁还来问呢？诗人的愁绪无处可诉，仿佛滚滚东流水，一去不返，流露出诗人无可奈何的颓废情绪。

诗的妙处在于要言不烦，寥寥数语就将今与古、虚与实、景与情融合起来，古今一概，寓虚于实，情景不分。

宫中题[1]

唐·李　昂

辇路生秋草，上林花满枝。[2]

凭高何限意，无复侍臣知。[3]

注释

①**宫中题**：题在宫中的诗。　②**辇路**：帝王在宫中行驶的车路。**上林**：宫苑名，这里是泛指。　③**凭高**：登高。**何限意**：无限的心意。**侍臣**：在身边服侍的人。

导读

诗人是唐代文宗皇帝，这是他在“甘露之变”后被囚期间写的诗。李昂的这首诗，虽只有寥寥的二十个字，却鲜明地反映出了这位贵为人主的皇帝，是怎样的孤独和苦闷。“凭高何限意，无复侍臣知”，这感慨是惨痛的。这也从一个侧面，使我们知道了封建统治阶级内部，特别是上层统治者之间的矛盾和斗争。诗人贵为天子，遭宦官软禁，这种滋味是常人难以想象的，诗歌中就渗透了诗人那种彷徨、失意、孤独、痛苦的复杂心情。

诗歌以平淡朴素的语言，抒发了诗人沉重而忧郁的情愫，反映了一位惨遭囚禁的年轻君王的沮丧和无奈。

寻隐者不遇[①]

唐·贾　岛

松下问童子，言师采药去。[②]

只在此山中，云深不知处。[③]

注释

①**寻**：寻访。**隐者**：这里指诗人隐居在山林中的友人。**不遇**：没有遇见。　②**童子**：这里指隐者的小弟子。**言**：告诉。　③**不知处**：不知隐者的行踪。

导读

隐逸生活是古代诗歌的重要题材之一，诗人往往借助这一题材表达自己超脱安闲境界的向往。这首小诗反映的是同样的主题，却能别出心裁，以洗练的手法勾画山间景色，意境深邃，余韵不绝。事情本来很平常，也很简单，但却写得很有波澜。一问一答，情趣盎然。首先，诗人见友人不在，就问："你的老师上哪儿去了呢？"童子答道："我师傅采药去了。"又问："他在哪里采药呢？"童子顺口答道："就在这座山里。"诗人听说，顿觉会见友人在望了，于是央烦童子去请他回来。童子却说："师傅虽在此山，但山中云深雾密，谁也不知道他究竟在哪座山峰啊。"这首诗写得概括、凝练，它省掉了诗人的几次发问，专写童子的回答。问者急切，而答者是那么轻松自然，令人有一种悠然不尽之意，颇有哲理趣味。诗歌中的隐者虽然没有正面出现，但通过侧面描写，他的形象已十分清晰地展现出来了。

汾上惊秋[1]

唐·苏　颋

北风吹白云，万里渡河汾。

心绪逢摇落，秋声不可闻。[2]

注释

①**汾上**：汾水上。汾水是黄河第二大支流，发源于山西省宁武县，沿西南方向流入黄河。**惊秋**：因目睹秋景而引起情绪上的不安。

②**心绪**：心情。**逢**：遇到。**摇落**：凋残，零落。**秋声**：指秋风的萧瑟声音。

导读

这首五绝写自己出使四川途中归程耽搁后的思归情绪。本来算好了到家的日子，如今不能实现，诗人心中自然不快，更何况碰上了秋风萧瑟的日子，于是倍加抱怨。他来到当年汉武帝悲秋的汾水之上，见到草木凋零、秋风萧瑟的景象，心里泛起了深深的哀愁。这种旅愁，是封建社会知识分子常有的感受。诗的前两句写景，后两句抒情。写景句纯用白描手法，不作任何夸饰渲染，显得平朴真实。抒情句以“秋声”回应上文的“北风”，以“不可闻”扣合题中的“惊秋”，脉络清楚，情感深切。树木凋零，秋风乍起，使诗人的伤感情绪愈加深浓，而诗歌的情景交融也更加完美。

蜀道后期[1]

唐·张　说

客心争日月，来往预期程。[2]

秋风不相待，先至洛阳城。[3]

注释

①**蜀道后期**：指诗人出使到蜀地，未能按期归家。后期，即延期，误期。 ②**客心**：游子思归的心情。**争日月**：与日月相争。游子在外，归心似箭，好像与日月的流逝相争似的。日月，指时间。**“来往”句**：指出去、回来事先就定下了日程。预，算定。 ③**不相待**：不等待。

导读

吟咏游子心情的诗大多写得忧郁伤感，这首却别出心裁，以幽默乐观的态度来写因事阻滞在外，不能回乡的境况。

这首诗是张说在校书郎任内出使西川时写的，表达了对亲人的眷恋之情。“秋风不相待，先至洛阳城”采用了古典诗文中常用的透过一层的写法，用秋风先至洛阳反衬作者的羁留蜀地，说得巧妙。诗人责其负约，虽属无理，但却有趣，无形中增强了诗的生动性。诗歌采用拟人手法，淡淡一笔，情致隽永深厚。

关于诗人由蜀中（今四川）回都城洛阳一事，历史书里没有直接提起，从他另外的几首诗看去，他在校书郎内曾出差到蜀中，那时还比较年轻，他“争日月”，急于回洛阳去，是完全可以理解的。

静夜思[①]

唐·李　白

床前明月光，疑是地上霜。[②]
举头望明月，低头思故乡。[③]

注释

①**静夜**：宁静的夜晚。**思**：思念。 ②**明月光**：月光明亮。**“疑是”句**：这是诗人猛然望见月色时的感受。说月光照地白如秋霜。这句既写了月色的皎洁，又带出了秋夜的寒冷，显示出诗人旅居异地的

孤寂凄凉的气氛。 ③举头：抬头。

导读

这诗写晚上思念家乡的情怀。从“举头”到“低头”，寥寥数字就勾勒出一幅生动形象的月夜思乡图。诗人开始看见床前的明月光还怀疑是地上打的霜，再抬头一望，明月在天，才知自己身在外乡，因而触发起思念故乡的情怀。明月照天下，外乡的明月也就是故乡的明月，举头只能望到那照着故乡的明月，却无法看一眼自己的故乡。这首诗既没有奇特的想象，也没有华丽的辞藻。它用的是叙述的语气，写常见的景象，但构思不落常套。短短四句诗，写得清新朴素，明白如话，内容单纯而丰富。

秋浦歌[①]

唐·李　白

白发三千丈，缘愁似个长。[②]

不知明镜里，何处得秋霜？[③]

注释

①**秋浦歌**：《秋浦歌》共十七首，是李白在秋浦写的一组诗，这首诗是第十五首。秋浦，唐代县名，即今安徽省贵池县，因其西南有秋浦湖而得名。 ②**缘**：由于。**个**：这样。 ③**秋霜**：形容头发像秋天的霜一样白。

导读

诗人以奔放的激情、浪漫主义的艺术手法，塑造了“自我”的形象，把积蕴极深的怨愤和抑郁宣泄出来，具有感人的艺术力量。诗一开始就把“白发三千丈”的巨大形象推到读者面前，使人从有形的白发想到他忧愁的深重，也让人惊叹诗人的气魄和笔力。后两句明白写出“不知明镜里，何处得秋霜”。秋霜色白，以代指白发，似重复又非重复，它并具忧伤憔悴的感情色彩，不是白发的“白”字所能兼带。这两句不是问语，而是愤激之语，痛切之语。

诗人写此诗时已经五十多岁了，壮志未酬，人已衰老，怎能不倍加痛苦。所以诗人发出“白发三千丈”的孤吟，使后世之人识其悲愤，并以此奇想奇句流传千古。

赠乔侍御[①]

唐・陈子昂

汉庭荣巧宦，云阁薄边功。[②]

可怜骢马使，白首为谁雄！[③]

注释

①**乔侍御**：其名不详，当是诗人的友人。侍御，官名，又称“侍御史”，属于封建国家的监察机关的官员。乔侍御久未升官，诗人写此诗送给他，为其鸣不平。 ②**汉庭**：汉朝廷，这里指唐朝廷。**荣**：作动词用，使之荣耀。**巧宦**：指那些善于玩弄机巧、会钻营的官吏。**云阁**：云台和麒麟阁。**薄**：轻视。**边功**：武功，在边地保卫国家的功劳。③**可怜**：使人产生怜悯心情。**骢（cōng）马使**：汉桓典为侍御史，有威名，人称骢马御使。这里指乔侍御。骢马，为青白色的马。**白首**：满头白发，指人老了。**雄**：逞雄，表现出威武雄壮的样子。

导读

这是一首讽喻诗，诗人借古讽今，用汉代桓典终老不得志的典故来讽刺唐王朝的政治昏暗，统治者的用人不公，赏罚不明，表达了诗人对乔侍御的同情和惋惜，也抒发了自己怀才不遇的愤懑和感慨。诗人写这首诗不仅是出于对友人的同情，其间也包含着诗人自己在政治上不得意的愤懑。所以他才那样感慨歔欷，一往情深。

答武陵太守[①]

唐·王昌龄

仗剑行千里，微躯敢一言。[②]

曾为大梁客，不负信陵恩。[③]

注释

①**武陵**：唐郡名，治所在今湖南省常德市。**太守**：官名。唐玄宗曾改州为郡，郡的长官为太守。 ②**仗剑**：佩剑。古人身边常常佩带着宝剑。**行千里**：作千里之行。**微躯**：贱躯。古人自谦的称呼。微，贫贱。 ③**大梁**：古城名，在今河南省开封市西北。**客**：即门客。**不负**：不辜负。**信陵**：信陵君，名无忌，是战国时魏昭王的小儿子。

导读

诗人作客武陵，受郡长官太守的热情接待，临别时写这首诗表示谢意。

古人有佩剑出游的习惯，“仗剑”二字是实写，同时也表明自己满怀豪气。“敢”即怎么敢；“一言”指写这首诗，第二句全是谦辞。三、四句用信陵君礼贤下士的典故来比喻田太守对自己的知遇之恩，再次表明了二人的真挚友谊。诗歌风格豪放，一气呵成。

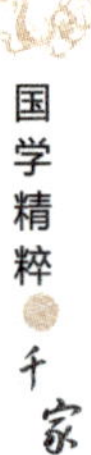

行军九日思长安故园[①]

唐·岑　参

强欲登高去，无人送酒来。[②]

遥怜故园菊，应傍战场开。[③]

注释

①此诗写于至德二年（公元 757 年），当时岑参在凤翔（今陕西

省凤翔县）任唐肃宗的右补阙，长安还控制在安史叛军手中。**行军**：行营。**长安故园**：指诗人在长安的家。　②**“强欲”句**：勉强去登高。登高，东汉人桓景曾在九月九日，要家里人用绛色锦囊盛茱萸，登高饮菊花酒以避灾。后来便形成了风俗。**“无人”句**：陶渊明隐居庐山，九月初九，江州太守王弘派白衣人给他送酒。岑参说无人送酒来，是写他不如陶渊明幸运，无人送酒的惆怅心情。　③**遥怜**：身在远处而生可怜之心。**“应傍”句**：大概我家那些菊花正在战场旁边开着。意即战火已经燃烧到了我的家门口。

白衣送酒

彭泽令陶渊明看不惯官场的黑暗，不为五斗米而折腰，毅然辞官归隐，从此躬耕终生。有一年重阳节，陶渊明因为家贫没酒喝，心情特别烦闷，独自在篱笆边散步，突然看见一个穿白衣的人说奉王弘之命前来送酒，陶渊明心中大喜，接过酒立即尽饮至醉。后遂用“白衣送酒”、“白衣到否”、“白衣酒”、“白衣来”等来表示朋友正好送来自己渴望的东西。

导读

九月九日登高、饮酒赏菊是古来风俗。诗人在这一天却没精打采，心情郁闷。表面看，无人送酒是他心情不好的原因，细看才明白他是想到了安史叛军蹂躏下的长安故园。这首重阳诗，将节日思家与对国家的忧虑结合在一起写，朴素中包蕴无限情韵，耐人咀嚼寻味。国难家仇涌上心头，自然没有兴致登高览胜了。此诗所表现的不是一般的节日思乡之情，而是针对国计民生的高度关切。诗由酒而写到菊，都与登高有关，反映出诗人构思的细密。又由菊写出长安的破败境况，衬出社会动乱的形势，收到了以小写大的艺术效果，加深了诗的主题。诗的末联将一枝秋菊同刀光剑影的战场摆在一起，画面突出，震撼人心，由此可以想见诗人的忧愤之深。

这首诗小中见大，通过一个不愉快的重阳节透现出一个战火弥漫的痛苦时代。全诗语言质朴无华，意象鲜明集中，结构严密紧凑，情感淳厚动人，构思巧妙新颖，确是一首耐人观赏的佳作。

婕妤怨[1]

唐·皇甫冉

花枝出建章，凤管发昭阳。[2]
借问承恩者，双蛾几许长？[3]

注释

①**婕妤（jié yú）怨**：是拟古乐府题，描写宫女痛苦心情。婕妤，宫妃的称号。 ②**花枝**：花枝招展，指得宠的美人。**建章**：汉宫名，在长安城外未央宫西边。**凤管**：本指箫笛之类的管乐器，此处指音乐。**发**：发出。**昭阳**：汉宫名，成帝建，在未央宫中。古典诗文中常以它代指皇帝、皇后居住的地方。 ③**借问**：请问。**承恩者**：指承受皇帝宠幸的宫女。**双蛾**：一双蛾眉。这里以蛾眉代指美色。古代女子以眉毛纤细得像蚕蛾的须一样为美。**几许**：几何，多少。

导读

这首诗以一个失宠宫妃的眼光和口吻，描写她见到一个新得宠的宫妃的得意场面后，所产生的心理活动。

“花枝”喻写灿烂的春光，“凤管”喻指欢乐的歌舞。开头两句描绘了得到皇帝宠爱的宫女的得意和欢乐情状。三、四句对宫女的失宠提出质疑，诗人言此而意彼，借以抒发自己的怀才不遇和对统治者漠视人才的愤慨，也在一定程度上鞭挞了宫廷生活的冷漠无情。诗人借抒发失宠宫女的怨愤来抒发怀才不遇、郁郁不得志的情怀，是“言近旨远”之作。

题竹林寺[①]

唐·朱 放

岁月人间促，烟霞此地多。[②]
殷勤竹林寺，更得几回过？[③]

注释

①**竹林寺**：即鹤林寺，在庐山。 ②**促**：短促，匆匆。**烟霞**：指彩色云气。 ③**殷勤**：情意深厚，不胜眷恋的样子。**过**：访问，探望。

导读

诗人因眼前的庐山美景而引发联想，感叹人生短促，转瞬即逝。由迷人的景物，不禁感叹人生短暂，不能长留此间，将来是否还能来到这里又属未卜，因此心潮翻涌，题了这首小诗。

“岁月人间促”，照句意应为“人间岁月促”，生命十分短的意思。由于“烟霞此地多”，使诗人能饱览美景，所以第三句通过“殷勤”二字，表示谢意。结句“更得几回过”既表达了对竹林的留恋之情，也抒发了以后很难有机会再来游览的遗憾，与“岁月人间促”隐隐呼应。

时光飞逝，诗人时常感到的是人间年华已不在，岁月一去便永远难以追回。此情此景，真挚感人，怎能不让人深深忧伤？

过三闾庙[①]

唐·戴叔伦

沅湘流不尽，屈子怨何深！[②]
日暮秋风起，萧萧枫树林。

注释

①**三闾庙**：即祭祀屈原的三闾大夫庙。屈原主管过昭、屈、景三

姓王族的教育，称为三闾大夫。 ②**沅湘**：沅水和湘水，均在今湖南省内，注入洞庭湖。**屈子**：屈原。**怨**：指屈原欲报效祖国，而横遭打击的哀怨。

导读

这首诗悼念屈原，主要是通过景物描写完成的。诗人围绕一个“怨”字，以明朗而又含蓄的诗句，抒发对屈原其人其事的感怀。诗人既写实景，又以江水的深长，暗示屈原含冤投江的深沉的哀愁亘古不尽。开头二句用沅湘无穷无尽的流水比喻屈原哀怨之深，表现了诗人对屈原遭遇的同情，也为下面抒情创造了哀愁的气氛，将屈子一生的忠愤写得至今犹在，发端之妙，已称绝调。后二句抒怀，诗人又不言破，而把他的感受融会到日暮秋风、萧萧枫林的景象中去。让人们透过那悲凉凄清的境界去领会他哀思无限、感慨不已的沉痛心情。小诗意在言外，辞简意深。

易水送别①

唐·骆宾王

此地别燕丹，壮士发冲冠。②
昔时人已没，今日水犹寒。③

注释

①**易水**：河名，位于河北省北部，源出易县。 ②**燕丹**：指战国时燕国太子丹。**壮士**：意气壮盛之士，即勇士，指荆轲。**发冲冠**：怒发冲冠。气得头发直竖，把帽子都顶着了。 ③**“昔时”句**：指荆轲等人已经不在了。没，隐没，消失。**“今日”句**：这句写眼前景，

荆轲

荆轲（？—公元前227年），姜姓，庆氏。中国战国时期著名刺客，战国末期卫国人也称庆卿、荆卿、庆轲，秦时涿县人，是春秋时期齐国大夫庆封的后代。受燕太子丹之托入刺秦王，因种种原因，行刺失败被杀。

也与荆轲的“风萧萧兮易水寒”相关联。诗人用水寒串通古今，寄托感慨。

导读

这首诗虽是为送别朋友而作，却并不表现主客分手的离恨别情，反而抓住送别地大做文章，缅怀古人风采，寄寓自己的一腔磊落不平之气。

诗人在易水边送别朋友，想到在这里发生的历史故事，为当年荆轲的慷慨入秦和壮志未酬的悲惨结局而感叹。诗的前三句吟古事，末一句用“今日水犹寒”，巧妙地把古今串了起来，既写出了荆轲的英烈之气千古不绝，也表现了诗人对他的无限景仰。

短短二十字中正面叙事，侧面抒情，别有一种动人心魄的力量。它既明朗，又含蓄；既简净，又曲折；既富阳刚之气，又含哀婉之美。全诗说古道今，放得极开，却又以易水贯穿首尾，显示出结构的完整和谨严。诗题虽为送人，却别具一格，意在抒怀咏志。诗人送别的也许是一位远赴沙场，视死如归的勇士，而送别的地点恰巧是战国时太子丹送别荆轲的地方，因此诗前两句直接怀古，追述往事。

别卢秦卿[①]

唐·司空曙

知有前期在，难分此夜中。[②]
无将故人酒，不及石尤风。[③]

注释

①**卢秦卿**：诗人的朋友。 ②**前期**：指卢秦卿和诗人分别后相会的日期。**“难分”句**：指在这一夜二人难分难舍。 ③**无将**：莫把，不可把。**故人**：老朋友。**不及**：不如。**石尤风**：行船时的打头逆风。

导读

这是一首临别赠别友人的诗歌，诗人直接道出了与友人的难舍难分之情，自然而诚挚。诗人明知卢秦卿和他后会有期，可是临别时还是依依难舍，总想让他迟一点离开自己。但卢秦卿似乎行期已定，纵然席间有酒也留他不住。于是诗人举杯劝留对方说：希望你莫把我挽留你的这杯酒，还不如那能阻止船行的石尤风。几句日常生活语言表露了他挽留卢秦卿的恳切心意，显现出他们之间情谊的深挚。

答　　人

唐・太上隐者

偶来松树下，高枕石头眠。

山中无历日，寒尽不知年。①

注释

①**历日**：指记载年、月、日、时和四季节令的历书。**寒尽**：寒气已尽，春天到了。**不知年**：不知是何年月。

导读

有人问一位隐士的年岁，隐士用诗回答说：我只是偶尔来到松树下面，疲倦了就用石头当做枕头来睡觉。深山里没有记载年月的历书，寒气消尽，我还不知道是哪年哪月呢。言外之意是说，连我自己也弄不清楚有多少岁。四句诗把一位高卧深山，不食人间烟火的隐士的形象刻画得惟妙惟肖。诗歌用白描手法写出了诗人置身于广阔大自然，忘却俗世烦恼的轻松，愉快心情。全诗语言朴素，似是信口道来，却又耐人寻味。

陶渊明在《桃花源记》里说，为避秦时难逃入深山的桃花源中人与世隔绝，“不知有汉，无论魏晋”，那是不知道现在是什么朝代，这里说不知年月，意思相近但更进一层。

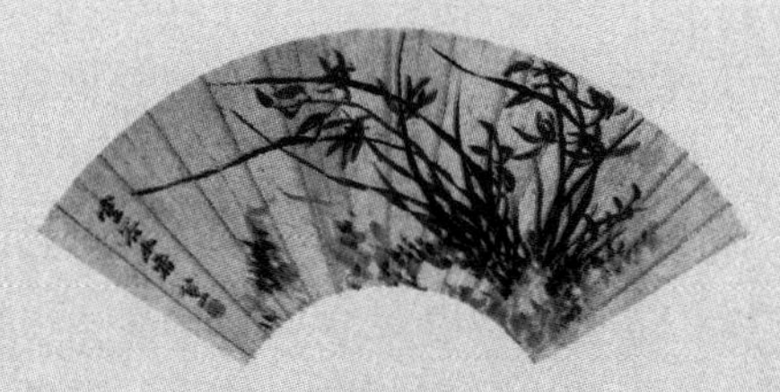

五言律诗

幸蜀西至剑门①

唐·李隆基

剑阁横云峻，銮舆出狩回。②
翠屏千仞合，丹嶂五丁开。③
灌木萦旗转，仙云拂马来。④
乘时方在德，嗟尔勒铭才。⑤

注释

①安史之乱爆发后，唐玄宗逃至蜀中。长安收复后，唐玄宗才由成都返回，行至剑门写了这首诗。**幸**：封建帝王行动所及称为幸，如到某地称幸某地，宠爱某人称幸某人。**蜀西**：今四川西部。**剑门**：又称剑阁，在今四川省剑阁县北，与大、小剑山相连，悬岩峭壁，形势险要，古人在绝壁上凿孔架木为栈道，飞阁相通，所以称为剑阁。是关中通往四川的要道。 ②**銮舆**：帝王的车

蜀国

蜀国是我国古代先秦时期的蜀族在现今四川建立的国家，后被秦国所灭。蜀族是先秦时期一个不同于华夏族群的古老民族。"蜀"字最早发现于商代的甲骨文中，据记载武王伐纣时蜀人曾经相助。但关于蜀国的历史在先秦文献中一直没有详细记载，直到东晋常璩的《华阳国志·蜀志》中才记载了关于蜀国的历史和传说。

驾。銮，帝王车马所系的铃铛。狩：皇帝离开京城到外地巡视。③**翠屏**：指剑门山苍翠矗立，有如屏风。**千仞**：形容剑门山的高峻。仞，古代一仞为八尺。**合**：重叠回环。**丹嶂**：形容剑门山石壁赤红而陡峻，好像屏障。嶂，山峰像屏障。**五丁开**：传说险峻的剑门山有路可通，是五个壮士开凿的。丁，男子。 ④**萦**：旋绕。 ⑤**乘时**：顺应时势。**嗟**：感叹词。**尔**：第二人称代词，这里指唐玄宗的随从大臣。**勒铭**：古代常以勒铭指臣子的武功，勒铭才即建功立业的才能。勒，在石碑上刻字。铭，在石碑上记事或记述功德的文字。

导读

由于诗人昏庸腐朽，重用坏人，导致“安史之乱”爆发。公元756年，安禄山攻陷京城长安，他匆忙“出狩”，逃去四川。这首诗是叛乱平定之后返回长安，途经剑门时写的。

这首五言律诗，起势不凡，首联用一个“回”字点明事件中心，与主题相呼应。颔联引入神话来烘托剑门山的险峻、雄壮，“开”、“合”凸现其纵横捭阖的气势。颈联写登山时盘旋而上所见，描绘的是动态中的景物。从灌古木，遮蔽旌旗，山路盘旋，忽隐忽现；白云飘浮，拂面而来。这两联动静相同，和谐完美。尾联抒怀，有所感慨。

此诗想像丰富，比喻手法运用得当，这位皇帝是有诗才的。

和晋陵陆丞早春游望

唐·杜审言

独有宦游人，偏惊物候新。①
云霞出海曙，梅柳渡江春。②
淑气催黄鸟，晴光转绿蘋。③
忽闻歌古调，归思欲沾巾。④

注释

①**偏惊**：反而感到惊心。 ②**海曙**：海边的曙色。 ③**淑气**：春天和暖的气息。 ④**古调**：这里指陆丞的诗。

导读

这是一首酬答诗。诗中写江南早春的气候变化历历如绘，读后令人顿觉春光明媚，春意盎然，有身临其境之感。起首两句警拔，以“偏惊物候新”领起全篇。“独”、“偏”二字揭示出他复杂而微妙的心态。“惊”字用得警醒，突出地表现了诗人因为仕途不顺而对“物候新”的感受分外敏感，通过触景生情、感物伤怀，引出浓浓思乡之情。中间四句，用“出”、“渡”、“催”、“转”四个富于形象的动词，形象地刻画了早春景物变化的情态，意境清新，对仗工稳。结尾两句点明和诗情意，意为面对佳景，读了朋友寄来的游春诗，激起乡思，不禁泪下；与起句“宦游”相呼应，结构谨严。诗中对景物观察得仔细，体会深刻，并具有格律声色之美，堪称初唐文坛上的佳作。

蓬莱三殿侍宴奉敕咏终南山[①]

唐·杜审言

北斗挂城边，南山倚殿前。[②]
云标金阙迥，树杪玉堂悬。[③]
半岭通佳气，中峰绕瑞烟。[④]
小臣持献寿，长此戴尧天。[⑤]

注释

①**蓬莱三殿**：唐代的大明宫内有紫宸、蓬莱、含元三殿，为皇帝接受群臣朝贺和宴群臣的地方。**奉敕咏终南山**：奉皇帝的命令作诗歌歌颂终南山。终南山，在今陕西省西安市南。 ②**北斗**：星宿名，由

七颗星组成，形状像斗，晚上出现在北方，所以称为北斗星。**南山**：指终南山。唐代的皇宫坐北向南，所以说南山好像就在蓬莱殿前一样。 ③**云标**：云端。**阙**：这里指终南山上的建筑。**迥**：远。**树杪**：树梢。**玉堂**：指终南山上华丽的建筑。 ④**半岭**：半山之处。**佳气**：吉祥之气。**中峰**：山峰之中。**瑞烟**：五色祥云。 ⑤**小臣**：诗人自指。**持献寿**：捧持着南山来祝寿。**戴**：顶戴着。**尧天**：像尧舜一样的太平盛世。

蓬莱仙岛

蓬莱，是与方丈、瀛洲齐名的仙岛，其位置大概在今天的渤海地区。蓬莱的得名源于秦始皇。相传秦始皇在始皇二十八年（公元前219年）为寻找神山，求长生不老药而东巡时曾来到胶东，当他登上芝罘时，只见一望无际的大海，不见神山的半点踪影。忽然在波浪中发现一片红色，便问身边的方士是什么。方士回答说是仙岛。始皇又问仙岛叫什么名字。方士仓促之间，无法应答。突然见水中海草随波飘动，灵机一动，便用那海草的名字答道：“那叫蓬莱。”蓬莱从此得名。又因这里有山有水，还有神仙出没，遂被称为“人间仙境”。在我国的许多古典小说如《三国演义》、《西游记》、《红楼梦》、《老残游记》等书中都有对蓬莱的描述。

导读

这是借咏终南山来歌颂皇帝的应制诗。首联以北斗星高挂宫城边，巍峨的终南山都倚立在蓬莱三殿之前来映衬皇宫的宏伟高峻。这是借北斗、南山来歌颂。二联正面写终南山的宫观殿宇高入云表的壮观。“佳气”和“瑞烟”进一步颂赞皇帝治理下的太平盛世。尾联“小臣持献寿”，持什么来献寿？就是那些“佳气”和“瑞烟”，言外有敬祝皇帝寿比南山的意思。并由此点出此诗乃奉敕而写，呼应了题意。全诗写得庄重典雅，是典型的歌功颂德的作品。诗在内容上无足取，但诗人以娴熟的技巧弥补了内容的空泛，写得高华秀瞻，句森律严。

诗的题目是咏终南山，而细看下来山只是陪衬，倒是以宫殿为主。全诗冠冕堂皇，句格鸿丽，“此应制体也”。根据皇帝的意旨写诗，当然并非如此不可。

春夜别友人

唐·陈子昂

银烛吐青烟，金樽对绮筵。[①]
离堂思琴瑟，别路绕山川。[②]
明月隐高树，长河没晓天。[③]
悠悠洛阳道，此会在何年？[④]

注释

①**银烛**：指明亮的蜡烛。**金樽**：华贵的酒杯。**绮筵**：丰盛美好的酒宴。 ②**离堂**：饯别朋友的厅堂。**思**：悲。**琴瑟**：本来是两种乐器，这里是指宴别朋友的音乐。 ③**长河**：银河。**没**：消失。 ④**悠悠**：漫长。**洛阳道**：通往洛阳的道路。

导读

这是一首离别诗，全诗从饯行的宴席写起，层层推进，将朋友分别的情景表现得真切动人。诗一开始描写饯别友人的环境，银烛高照，青烟袅袅；金樽美酒，筵宴丰盛，正是反衬下联的惜别之情。悲凉的乐曲，添人愁思，使人进一步想到别后山遥路远，重重阻隔，更感到无限惆怅。这样一层推进一层的烘托描写，使离情别绪更加浓厚。三联通过时间的逐渐推移，暗示留恋

琴瑟

据文献记载，伏羲发明琴瑟。琴与瑟均由梧桐木制成，带有空腔，汉宫琴瑟丝绳为弦。琴初为五弦，后改为七弦；瑟二十五弦。由弦数可知瑟的体积比琴大。琴瑟的主要区别在于演奏的场合不同。琴用于在贵宾面前弹拨，客人不说话，全神贯注地看弹琴和听琴声。这是正式的音乐会场合。瑟用于背景音乐的弹奏。瑟被置于屏风后面，客人围着桌案坐，在音乐声中边闲谈、边吃喝。这是社交性场合。当然，琴与瑟可以联合起来演奏，琴在台前，面对宾客；瑟在台后；琴离客人近；瑟离客人远；琴师或是主人，或是美女；瑟师则可以是老年男子。古人发明和使用琴瑟的目的是顺畅阴阳之气和纯洁人心。

惜别的心情有多么深沉！尾联着一个“何”字，强调后会难期，流露了离人之间的隐隐哀愁。诗中没有长吁短叹的哀伤语句，却在沉静之外见出深挚的情意。

总的来看，这首诗既有唐人律诗的风味，也有六朝古诗的余韵。感情丰富，语言晓畅而“张力”甚大，是唐诗中的精品。整首诗回环感染，虚实相间，风格深厚和雅，并注重情景的浑融，婉曲而深切地道出离愁。

长宁公主东庄侍宴[①]

唐·李　峤

别业临青甸，鸣銮降紫霄。[②]
长筵鹓鹭集，仙管凤凰调。[③]
树接南山近，烟含北渚遥。[④]
承恩咸已醉，恋赏未还镳。[⑤]

注释

①**长宁公主**：唐中宗的女儿，生活穷奢极欲，仗势侵夺民田，广置田庄。中宗又赐东庄，不时率皇后、亲近大臣临幸。这首诗是李峤随唐中宗到长宁公主东庄所作。　②**别业**：指长宁公主东庄别墅。**甸**：古代称京城近郊为甸。**鸣銮**：本是皇帝车驾行走时发出的铃声，这里代指唐中宗的车驾。**紫霄**：天空。　③**长筵**：丰美盛大的筵宴。**鹓**：传说中与鸾凤同类的鸟。**鹭**：鹭鸶。**仙管**：箫管。**凤凰调**：调弄凤凰。传说吹箫能引来凤凰。　④**南山**：指终南山，在长安南。**北渚**：渭水。⑤**承恩**：承受皇帝的恩泽。**咸**：都，皆。**恋赏**：留恋玩赏。**镳**：乘骑。

导读

这一首应制诗，极尽铺张颂扬之能事。诗一开始就把皇帝车骑到东庄，比作是从天而降，随从者也都如鸾凤之鸟，不同凡品；音乐也是仙乐，宴会之盛大非凡，也就不言而喻。三联描绘东庄景色气象阔大，南山渭水，尽收眼底，说明尾联皇帝车驾流连忘返的原因。应制诗照例要称颂皇上，诗在措笔时时刻把握住自己的臣子身份。

诗歌写得华丽、生动，气势阔大，虽然内容仍不脱应制诗之窠臼，但整体气象上稍为胜出。

恩赐丽正殿书院赐宴应制得林字①

唐·张　说

东壁图书府，西园翰墨林。②
诵诗闻国政，讲易见天心。③
位窃和羹重，恩叨醉酒深。④
载歌春兴曲，情竭为知音。⑤

注释

①**丽正殿**：唐宫殿名。**应制得林字**：奉皇帝命令作诗，规定用林字的韵。林字属“侵”韵。　②**东壁**：二十八宿之一，即飞马星座和仙女星座。古人以为东壁主掌天下文士，又称图书之府。这里代指丽正殿书院。**西园**：魏国曹植曾建西园以招延文学之士。**翰墨林**：文人聚集的地方。这里指书院聚集了一批文人才士。　③**“诵诗”句**：诵读《诗经》中风、雅等诗，可以了解国家政治情况。诵诗，诵读《诗经》。**讲易**：讲习《易经》。古人认为《易经》的各种卦象体现上天意志，所以讲习《易经》可以了解天的心意。　④**窃**：谦词，窃居。**和羹**：调和汤的五味，通常用来比喻宰相的职位。**叨**：承受。　⑤**载歌**：这里指作诗。载，乃，于是。歌，唱。**春兴曲**：充满春意的曲子，指本诗是出自于内心欢乐而作。**情竭**：诗情尽竭。**知音**：指同席赋诗的同僚。

导读

“应制”就是奉皇帝之命作诗，“得林字”即以“林”字来押韵。诗人当时身为丞相，又逢皇帝赐宴，自然满怀感激，诗中就抒写了这种情怀。

前四句写丽正殿书院，后四句写侍宴作诗。丽正殿是皇帝与大臣讲经研习学问的地方，所以前四句称扬书院为天下文章图书的藏府，是文人荟萃的场所。帝王与臣子在这里通过研习，讨论国政的得失，更好地治理国家。后四句风格转为轻快，写出自己身负重担，得到皇上的信任赏识，因而作诗歌颂，表达对皇帝的感激。

全诗叙事井井有条，用典用事贴近自然，在记事中处处不忘颂扬皇帝的恩德，因此，此诗在应制诗中一向被认为是成功的作品。

送友人

唐·李　白

青山横北郭，白水绕东城。①
此地一为别，孤蓬万里征。②
浮云游子意，落日故人情。③
挥手自兹去，萧萧班马鸣。④

注释

①**郭**：外城。古代城分内城和外城。　②**蓬**：蓬草，枯后断根，随风飞扬，所以又名飞蓬。　③**浮云**：指友人“万里征”的行踪如浮云般，飘忽不定。　④**兹**：此，这里。　**萧萧**：马鸣声。　**班马**：分别的马。

导读

李白的这首送别友人的诗，语言流畅明快，情意真挚蕴藉。送别其实是相当伤感的场面，可李白写得情意绵绵却又豁达明朗，显得新颖别致，不落俗套。首联上句写远山，下句写近水，色彩对色彩，方位对方位，对仗十分工整。“横”字勾勒出青山的静态，“绕”描绘白水的动态。“青”“白”相间，动静相生，展现出一幅明丽生动的图景，以自然美映衬友情美。中间两联写依依惜别的深情。“浮云”“落日”既是眼前实景，又有象征、隐喻的意义，实景虚用，对仗工整。整首诗描绘了青山、白水、浮云、落日，相互映衬，还有班马长鸣，景物虚实结合，有声有色，尤其是“浮云”“落日”两句，取眼前景物表现送别环境氛围，又用它们象征送者和行者的心境。

送友人入蜀

唐·李　白

见说蚕丛路，崎岖不易行。①
山从人面起，云傍马头生。②
芳树笼秦栈，春流绕蜀城。③
升沉应已定，不必问君平。④

注释

①**见说**：听说。**蚕丛**：相传是蜀中的古帝王。这里用来指蜀地。**崎岖**：道路不平坦。　②“**山从**”**句**：形容蜀山陡峭，登山时，陡立的山壁好像从人眼面前直立而起一样。人与山互为映衬，很有立体感。“**云傍**”**句**：蜀山上白云缭绕，骑马登山，云彩好像是依傍着马头产生出来似的。　③**芳树**：芬芳的林木。**笼**：笼罩。**秦栈**：秦时的栈道。栈，栈道，古代在险峻无路的山上凿石架木修成的道路。**流**：指锦江。**蜀城**：指成都。　④**升沉**：指仕途的升降得失。**君平**：西汉人严遵，字君平，隐居不仕，在成都占卜为生。

导读

李白曾写过一篇杂言的《蜀道难》，以雄奇浪漫的笔调道尽了蜀道的艰难。这首送别诗因为是送友人入蜀，所以着重写蜀道的崎岖陡峭。所以，这是一首以描绘蜀道山川的奇美景观著称的抒情诗。首联从古传说开始，概括地写蜀山的崎岖难行。二联别出心裁地描写了蜀山的悬崖峭壁，但又缩小了山与人、云与马的空间距离，是“崎岖不易行”的补笔，精确而传神地表现了那特殊的自然景物，也反映了诗人的审美感受。三联由秦岭栈道而写到成都，点明题意。尾联借用君平的典故，婉转地启发他的朋友不要沉迷于功名利禄之中，可谓谆谆善诱，凝聚着深挚的情谊，而其中又不乏对自身身世的感慨。尾联写得含蓄蕴藉，语短情长。全诗想象奇特，描绘简练生动，豪放而有气势，是送别诗中别开生面之作。

次北固山下①

唐·王　湾

客路青山外，行舟绿水前。②
潮平两岸阔，风正一帆悬。③
海日生残夜，江春入旧年。④
乡书何处达，归雁洛阳边。⑤

注释

①**次**：住宿，止歇。**北固山**：在今江苏省镇江市北。　②**青山**：指北固山。　③**潮平**：指潮水上涨与岸齐平。　④**海日**：指长江下游宽阔的江面上升起的太阳。**残夜**：即天将破晓之时。　⑤**乡书**：指寄回家乡的书信。**归雁**：指北归的雁，传说雁能传书。

导读

这首诗气势宏大，胸襟开阔，景物壮观，尽显盛唐气象。明代的胡应麟在《诗薮·内编》中把“海日生残夜，江春入旧年”作为盛唐句的代表。这两句一直为人们所赞赏，这一方面是由于它的语言形象鲜明；另一方面也寓有新事物孕育于旧事物的解体这一富有理趣的构思，从而加深了诗的容量，把诗的意境开拓得更丰富，更有活力。

在诗人的笔下，也有乡思，但乡思与人的胸襟相比，只是淡淡的一抹。壮观的时代，得意的诗人，才能有这样的诗句，才能有这样的胸襟和气象。

苏氏别业

唐·祖　咏

别业居幽处，到来生隐心。①
南山当户牖，沣水映园林。②
竹覆经冬雪，庭昏未夕阴。③
寥寥人境外，闲坐听春禽。④

注释

①**幽处**：幽静之地。**隐心**：隐居的心意。　②**“南山”句**：终南山正对苏氏别墅的窗户。南山，终南山，在长安南。牖（yǒu），窗户。**沣（fēng）水**：发源于陕西省秦岭，流经户县、长安入渭河。③**“竹覆”句**：翠竹上还覆盖着经冬不化的积雪。经冬，过了整个冬天。**昏**：昏暗无光。　④**“寥寥”句**：苏氏园林远离人境，异常寂静。寥寥，寂静。**春禽**：春鸟。

导读

这首诗极力渲染了别墅清幽、雅致的环境，烘托出诗人的欲归隐闲居的主题。首联开门见山地概括了诗歌主旨，即“幽处”和“隐心”诗人在颔、颈联中，生动细致地描绘了园林内外的景色。有了这两联，首联“别业居幽处，到来生隐心”便有了着落；尾联“闲坐听春禽”也才收束得自然。诗人流连忘返的畅适之情溢于言表。全诗描写工致，意境恬静淡远，既赞美了苏氏别业，也抒发了鄙厌世俗、追求闲适幽静生活的情怀。

春宿左省[1]

唐·杜 甫

花隐掖垣暮，啾啾栖鸟过。[2]
星临万户动，月傍九霄多。[3]
不寝听金钥，因风想玉珂。[4]
明朝有封事，数问夜如何？[5]

注释

①**宿**：值宿，晚上在左省值班。**左省**：即门下省，因在宫殿左边，故称左省。杜甫当时任左拾遗，属门下省。　②**花隐**：指天色将暮，百花隐没。**掖垣**：宫墙。唐代中书省和门下省在宫殿两旁，如人的两腋，门下省在左边，故称“左掖”。**啾啾**：鸟鸣声。**栖鸟**：指天色晚暮，飞回入巢的鸟。　③**临**：下照。**万户**：指宫中的千门万户。**傍**：靠近。**九霄**：本指天上的最高处，这里借指沐浴在月色中高耸入云的宫殿。　④**不寝**：是说夜不成寐。**听金钥**：听到开宫门的锁钥声。**玉珂**：指精美的马铃，这里是指百官上朝骑马的马铃声。　⑤**封事**：唐代拾遗掌讽谏之事，在给皇帝上奏章时，为防止泄漏，就密封在黑色的袋子里，故称呈给皇帝的奏章为“封事”。**数问**：屡次探问。

导读

杜甫这首诗是乾元元年（公元758年）春天，任左拾遗时在长安所作。诗的前四句是写景，把值宿左省时的宫廷夜色生动地描绘出来。其中第三、四句尤为人们所称赏，这两句意思是：星光映射，那宫中的千门万户像在晃动一样，皓月当空，那高耸入云的宫殿像是得到了更多的清辉。后四句抒情，写春夜值宿左省，通宵未寐，惦记着早朝的封事，反映了一个封建官吏的勤谨、尽职尽忠的态度。诗句充分表现了杜甫居官小心谨慎，殷勤为国的精神，语言宏丽，气象高华。

题玄武禅师屋壁[1]

唐·杜　甫

何年顾虎头，满壁画沧洲。[2]
赤日石林气，青天江海流。[3]
锡飞常近鹤，杯渡不惊鸥。[4]
似得庐山路，真随惠远游。[5]

注释

①**玄武禅师屋**：佛寺，故址在梓州，即今四川省三台县。玄武禅师，一位和尚的法号。　②**顾虎头**：即晋代著名的画家顾恺之，又名虎头。**沧洲**：幽静的水滨，指隐士所居之地。　③**“赤日”句**：是写壁画上的具体景物，有红日、山石、林木、蒸腾的山气。**“青天”句**：也是描写壁画上的景物，上面是青天，下面是奔腾的江海。　④**“锡飞”句**：据《高僧传》记载，梁朝时的和尚宝志，与白鹤道人都爱舒州（今安徽省舒城县）潜山风景秀美，想在山上建寺和建道观。梁武帝让他们各显法力，飞一物上山作为标志，然后在物体降落的地方兴建寺、观。白鹤道人就放出白鹤，宝志和尚也抛锡杖入空中，和白鹤共飞入山，锡杖先落山麓。**“杯渡”句**：据《高僧传》载，南朝刘宋时有一和尚乘木杯渡河，不借风力，其行如飞而白鸥不惊。　⑤**惠远**：东晋时著名的和尚，曾在庐山修行，与陶渊明有交往。这里以惠远比玄武禅师，以陶渊明自比。

导读

杜甫来到玄武禅师的禅房，见到墙壁上所绘山水，惊叹不已，因此在旁题了这首诗。诗是题画，却先退一步，从绘画者入手，惊叹画必出自顾虎头这样的名家之手，故采取一种制造悬念的手法。诗以发问开始，赞美满壁幽美的山水画，不知是顾恺之何年所绘，起得很不平常。颔联才以精炼的语言具体地再现出壁画。寥寥十字描绘了一幅青天赤日、江海奔流、石林山岚的雄浑图景，概括力表现力都很高。颈联因为要切合寺院中的壁画这一特点，所以连用《高僧传》中两个典故而毫不显得堆砌。最后表现了一种消极出世的思想。这是因为当时杜甫因兵乱避居梓州，寄人篱下，生活窘困，前途渺茫，所以产生归隐山林的思想。全诗用典贴切自如，诗意自然天成。

终南山①

唐·王　维

太乙近天都，连山接海隅。②
白云回望合，青霭入看无。③
分野中峰变，阴晴众壑殊。④
欲投人处宿，隔水问樵夫。⑤

注释

①终南山：在今陕西省西安市南。 ②太乙：即终南山。天都：帝都，指长安。海隅：海边。 ③青霭：山上青青的烟雾。 ④分野：古人把天上的星宿和地上的区域对应划分，叫分野。 ⑤人处：指人的居处。

导读

王维的这首《终南山》，气势磅礴，意境壮阔，它不仅是王维诗歌创作的名篇，也是唐代诗歌的佳作。诗的前两联，即以高度夸张的艺术手法，描写了终南山的高大。太乙峰耸入云霄，几乎挨着天帝居住的宫殿了；峰峦连绵不断的终南山，一直伸到了海边。回首望去，那高大的山脉，终日白云缭绕；走近一看，那映着山色的雾气，却又不见了。白云飘飞，雾气轻濛，把终南山的壮观，生动的描绘了出来，雄浑俊伟。颈联对终南山又作了进一步的描绘，仅仅一峰之隔，便分野不同，所跨地域各异，极写山势的高峻而又延绵广大；那重峦叠嶂的千山万壑，在同一时间内，会阴晴各异，变幻莫测。以上三联，都是望中之景，它从各个方面描绘了终南山的高大雄伟。在这些描绘中，诗人把壮阔的景象精细地刻画出来，使终南山更加优美而又富有个性地耸立在我们面前，从而热情赞美了祖国的大好河山。直至尾联才点出了游山的意思。诗人由望山而游山，流连观赏，不觉日之将夕，而山中人烟稀少，难见村落，于是隔水询问樵夫，想找到有人家居住的地方借宿。由此可见诗人游兴之浓，竟至留宿山中。

寄左省杜拾遗①

唐·岑　参

联步趋丹陛，分曹限紫薇。②
晓随天仗入，暮惹御香归。③
白发悲花落，青云羡鸟飞。
圣朝无阙事，自觉谏书稀。④

注释

①**左省**：唐代中央官署名。**杜拾遗**：指杜甫，任左拾遗之职。②**联步**：同步，并行，这里是说自己与杜甫一起上朝。**趋**：指小步前行，表示上朝时的敬意。**丹陛**：宫殿前涂有红漆的台阶。**分曹**：分别在不同的官署。**限紫薇**：即隔着中书省的意思。限，界限。③**晓随天仗**：天刚亮时随着天子早朝的仪仗。④**阙**：通“缺”，指王朝的缺失。

导读

这是唐肃宗乾元元年（公元 758 年），岑参任右补阙时，赠给杜甫的一首诗。诗的前四句写他们为官联袂上朝的亲密情形，充满着真挚的感情。第五句说自己自悲白发，功业难就，流露出一种感伤的情绪，第六句是岑参对仕途的希望，希望青云有路，如鸟高飞，能为圣朝除弊政。末两句是用反语，意在言外，名为对朝廷的颂扬，实则暗含讥讽。岑参写诗给杜甫的目的也是在于规劝他不要多言。杜甫在和这首诗时最后两句说："故人有佳句，独赠白头翁。"由此看出是体会到了岑参这种深意的。全诗感情流荡，词意深婉。

登总持阁[1]

唐·岑　参

高阁逼诸天，登临近日边。[2]
晴开万井树，愁看五陵烟。[3]
槛外低秦岭，窗中小渭川。[4]
早知清净理，常愿奉金仙。[5]

注释

①**总持阁**：在终南山上，高峻壮丽。　②**逼**：近。**诸天**：佛教认为天空是由各种"天"组成，总称诸天。　③**万井树**：关中平原多掘井汲水，井边栽种树木。万井，形容井多，非实指。**五陵**：西汉时在长安附近的五个帝王的陵墓。　④**"槛外"句**：靠着楼阁栏杆向下面俯视，逶迤的秦岭也显得低矮。秦岭，即终南山。**"窗中"句**：由阁楼窗中远看渭水，显得很细小。　⑤**清净理**：指佛教修行参禅那一套道理。**奉金仙**：侍奉释迦牟尼佛。

导读

这首诗，穷极笔力，描写总持阁的雄伟高峻。

诗写登临所见所感，开门见山，直写站在高阁，简捷明快；且以"逼诸天"、"近日边"形象地表现出寺阁之高。以下两联，便写登阁所见。一联是长安景色，千家万户的树木历历在目，五陵地区烟云缭绕。一联是写山川风景，寺在山上，四周的山便显得矮小，渭水也变得细微。这四句，紧密结合眺望的角度。诗人不是单纯绘景，而是将登临时的心情与景相联系。

登兖州城楼[①]

唐·杜　甫

东郡趋庭日，南楼纵目初。②
浮云连海岱，平野入青徐。③
孤嶂秦碑在，荒城鲁殿余。④
从来多古意，临眺独踌躇。⑤

注释

①**兖州**：唐代州名，在今山东省滋阳县。　②**东郡**：指兖州，因兖州在东方，故称东郡。**趋庭**：儿子看望父亲称为趋庭。当时杜甫的

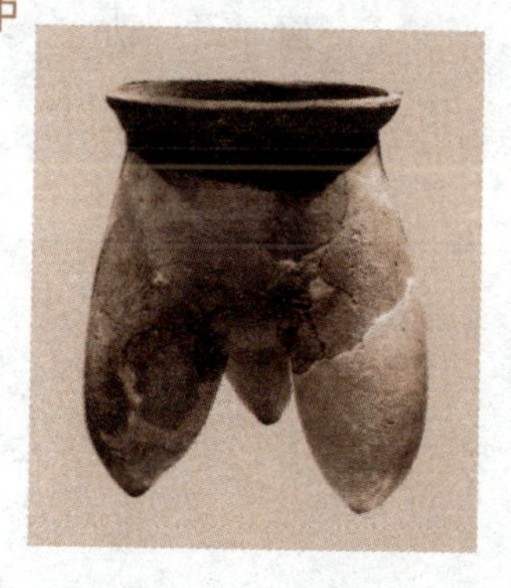

海岱文化

海岱文化以早期大汶口文化为代表。大汶口文化以山东泰安大汶口遗址的发掘而命名，早期大汶口文化的年代约在公元前 4300 至公元前 3500 年。大汶口文化的生产工具已普遍使用磨制技术，原始农业和原始手工业在其社会生产中占主要地位。在大汶口文化遗址中发现大量猪骨、狗骨以及牛羊骨，说明当时家畜饲养、特别是猪的饲养已构成经济生活的重要补充。考古材料证实早期大汶口文化的居民为聚族而居，房屋为圆形或方形土木结构尖顶建筑，前后墙壁有门窗和透气孔，基本具备后世房屋的雏形。大汶口文化的墓葬以单人葬为主，同时也出现了成年男女及成年男子与其子女的合葬现象，说明当时的社会正处于由母系氏族向父系氏族的过渡阶段。

父亲杜闲，任兖州司马，杜甫曾去看望过。趋，小步快走，表示恭敬。庭，厅堂。**南楼**：指兖州城楼。**纵目**：放眼，即放眼远望。 ③**海**：指东海，因兖州地近东海。**岱**：指山东境内的泰山。**青徐**：古代二州名，与兖州邻近，在今山东省境内。 ④**孤嶂**：独立的高峰。**秦碑**：秦始皇曾刻碑颂德，立在峄山（在今山东省邹县东南）之上，称为秦碑。**荒城**：指山东曲阜。**鲁殿**：汉代宗室鲁恭王在曲阜城内（今山东省曲阜县）修有灵光殿，故称鲁殿。**余**：剩余，剩下的。 ⑤**多古意**：是说自己多有伤古意绪。**临眺**：登临眺望。**独踌躇**：一个人独自徘徊，心中充满惆怅之情。

导读

这是杜甫往兖州探望父亲时登城楼远眺，看到的是雄壮的渤海，巍峨的泰山，辽阔的平原，一切都显得气势磅礴。接下来的镜头由远及近，历历可见秦碑鲁殿，悠悠历史，触人心怀。全诗意境浑融，结构严谨，充分显示出杜甫的写诗才能。

送杜少府之任蜀州[1]

唐·王　勃

城阙辅三秦，风烟望五津。[2]
与君离别意，同是宦游人。[3]
海内存知己，天涯若比邻。[4]
无为在歧路，儿女共沾巾。[5]

注释

①**杜少府**：王勃的友人。**之**：往。**蜀州**：今四川省。 ②**城阙**：借指京城长安。阙，皇宫门前两边的望楼。**辅**：护卫。**三秦**：今陕西省关中地区，古为秦国。**风烟**：风尘烟雾。 ③**君**：指杜少府。**宦游人**：指远离家乡，出外求官的人。 ④**海内**：四海之内。**存知己**：

有知心的朋友。**比邻**：近邻。 ⑤**无为**：不要做出。**歧路**：岔路，指分手的路口。**沾巾**：泪水沾湿了佩巾。

导读

这是王勃的一首赠别的名作。诗的首联，即以工整的对偶句式，从离别的地点说到就任的地点；颔联表达彼此惜别的心情；颈联笔锋一转，以激扬的笔调，写出了千古绝唱："海内存知己，天涯若比邻。"诗人告诉自己的朋友：空间的距离，对真正的知己而言绝不是问题，即使远隔天涯，我们的心却如同比邻而居。这心胸是何等的开阔、健朗！它一扫离别时的惆怅和哀伤，把人们送别的情谊，升华到了一个新的境界。最后以劝慰友人作结。本诗首联气象阔大，颔联兴味萧散，颈联高亢入云，尾联平实如话，全诗四联，一联一转，感情基调错落有致，富于变化。全诗情感真挚，气象雄浑，含意深刻，感人至深。

送崔融[①]

唐·杜审言

君王行出将，书记远从征。②
祖帐连河阙，军麾动洛城。③
旌旗朝朔气，笳吹夜边声。④
坐觉烟尘扫，秋风古北平。⑤

注释

①**崔融**：诗人的友人，当时在节度使幕府掌书记。 ②**君王**：指皇帝。**行**：出发。**出将**：皇帝命将出师。**书记**：指崔融。**远从征**：随着主将远征边塞。 ③**祖帐**：在路边所设祭祀路神、宴别朋友的帐幕，这里是饯行的意思。**连河阙**：是说参加饯行的人很多，从洛阳宫阙外面一直连续到黄河边上。**军麾**：军中指挥用的旗子。这里就是指军旗。④**旌旗**：本是军中旗帜，这里借指出征大军。**朝朔气**：早晨迎着北地

的寒风。**“笳吹”句**：在边地的夜里，只有吹奏军笳的声音。笳吹，吹奏军笳。 ⑤**坐觉**：顿觉。**烟尘**：烽烟和尘土，喻指战争。**北平**：泛指北方边地。

导读

这是一首送别的诗。友人从军远征，自然要说到行军战斗的情事，但这首诗却用烘托气氛的办法，从侧面来写，颇具匠心。如诗中的二、三两联，上联只是说到送别盛况，就反映出了军旅的威严和雄壮；下联写了行军和驻屯的整肃和警惕，就表明了这次战争必胜的信念。尾联展望前景，表明必胜的信心，对离别远征的朋友提出了希望并给予了鼓励，与送别的主题遥相呼应，收束全文。

扈从登封途中作[①]

唐·宋之问

帐殿郁崔嵬，仙游实壮哉！[②]
晓云连幕卷，夜火杂星回。[③]
谷暗千旗出，山鸣万乘来。[④]
扈游良可赋，终乏掞天才。[⑤]

注释

①**扈从**：做跟随皇帝出巡时的侍从。**登封**：今河南省登封县。**途中作**：旅途中作的。 ②**帐殿**：指用锦帐围成的宫殿，供皇帝用的。**郁**：指树木丛生，郁郁葱葱的样子。**崔嵬**（wéi）：巍峨壮伟，这里指山。**仙游**：像神仙一样出游。 ③**晓云**：早晨的云彩。**夜火**：夜里的灯火。**回**：指星斗运转。 ④**谷暗**：是说山谷幽暗，表示很深。**山鸣**：人声杂沓，山鸣谷应，写出了山中特有的气氛。 ⑤**扈游**：侍从皇帝出游。**良可赋**：真应该献赋颂德。良，值得，实在。**终乏**：终究因为缺乏。**掞**（yàn）：抒发。

导读

这是宋之问随从唐高宗李治祭祀嵩山，于登封途中写的一首歌颂皇帝出游盛况的诗，首联以抒情的手法夸赞了帝王帐殿的雄壮，气势非凡。次句以“壮哉”二字来概括“仙游”的阵容，很简练。中间两联写景生动，气象开阔。最后表示这件事很值得写，但自己缺乏抒发情意的才能，这是自谦语。诗歌虽为取悦皇帝而作，但意境开阔，笔力刚劲，有可取之处。

题义公禅房①

唐·孟浩然

义公习禅寂，结宇依空林。②
户外一峰秀，阶前众壑深。③
夕阳连雨足，空翠落庭阴。④
看取莲花净，方知不染心。⑤

注释

①**题义公禅房**：题在义公禅房的诗。义公，唐代高僧。禅房，僧人住所。 ②**习**：修习、修炼。**禅寂**：佛家语，指坐禅入定，思维寂静。**结宇**：结庐、结舍。宇，屋宇。**依**：依托。**空林**：空寂僻静的山林。③**户外**：禅房外面。**阶前**：禅房台阶前面。**壑**：沟壑。 ④**雨足**：雨下够了。**空翠**：树木的阴影。⑤**看取**：看。取，语气助词，有“着”的意思。**莲花净**：出污泥而

莲花

莲是最常用来作为宗教和哲学象征的植物，曾代表过神圣、女性的美丽纯洁、复活、高雅和太阳。花中君子，象征着我国传统文化莲花中的一种理想人格：“出淤泥而不染，濯清涟而不妖”。莲花也能谐音“连”。莲蓬加上莲子，叫“连生贵子”。象征纯净、纯洁。佛教中有莲花座、莲花台等。

不染的莲花，所以说净。莲花在佛教中也是一种清净高洁的象征。**不染心**：指莲花一尘不染，也是对义公的赞颂。

导读

佛教在唐代极为盛行，而唐代诗人和僧人的关系，也是十分密切的。因此，许多诗人都有题赠寺院僧人的诗篇，写得出色的也不少。孟浩然的这首，是比较优秀的，特别是中间两联，把山中夏日的景象，鲜明生动地刻画了出来，风格清新，语言秀丽。诗歌用秀峰、深壑、积雨、翠阴描绘出禅房周围寂静、淡雅的环境，突出一个“幽”字，更烘托出义公的潜心修禅、清心寡欲的心境。最后以净洁的莲花来比喻义公一尘不染的纯洁心灵，很形象。诗歌构思缜密，清新雅致，诗韵隽永。

醉后赠张九旭[①]

唐·高　适

世上漫相识，此翁殊不然。[②]
兴来书自圣，醉后语尤颠。[③]
白发老闲事，青云在目前。[④]
床头一壶酒，能更几回眠？[⑤]

注释

①**张九旭**：即张旭，兄弟辈中排行第九，故称张九旭。唐代著名书法家，善狂草，世称“草圣”。　②**世上**：指世上人。**漫**：漫不经心，随便。**相识**：结交。**此翁**：指张旭。翁，对老人的称呼。**殊不然**：却不是这样。殊，完全。　③**兴来**：张旭好酒，这里的“兴来”，当指酒兴勃发的时候。**书**：书法，写字。**尤颠**：更加癫狂，指那种语无伦次的豪放情态。颠，张旭喜酒放达，称之为张颠。　④**老**：习惯。闲

事：无事。青云：天空中悠闲飘过的云彩。 ⑤“床头”句：床头有酒，醒了就饮，醉后又眠，极写张旭好酒。“能更”句：人生在世还能几回醉啊。几回眠，几回醉，这是旷达话。

导读

这首赠友诗用轻松随意的口吻展现了张旭的人品性格及特长爱好。同时，这首诗也描写了张旭无忧无虑、自由自在的生活。诗的第二联就张旭的书法和人品作了生动的描绘。第三联将张旭那种白发青云的怡然自得的襟怀加以赞赏。因此，对于他的狂饮，不仅不加劝阻，而且觉得应该多饮，人生在世“能更几回眠”啊。诗既赞美了张旭的性格，也流露了厌恶官场、追求闲适自如生活的情感。

玉台观①

唐·杜甫

浩劫因王造，平台访古游。②
彩云萧史驻，文字鲁恭留。③
宫阙通群帝，乾坤到十洲。④
人传有笙鹤，时过北山头。⑤

注释

①玉台观：为唐宗室滕王李元婴所建，在阆州（今四川省阆中县）。②浩劫：宫观的阶基。道家称宫观的阶基为浩劫。这里是指玉台观。王：指滕王李元婴。平台：宫观中玉砌的高台。这里也是指的玉台观。③彩云：指观中所绘壁画中的彩云。萧史：春秋时人，善吹箫，秦穆公把女儿弄玉嫁给他，遂教弄玉也吹箫。后来弄玉乘凤，萧史乘龙，双双升天而去。鲁恭留：鲁恭王刘余，汉景帝之子。 ④“宫阙”句：玉台观巍峨壮丽，高可接天，疑可与诸天群帝相通。群帝，天上各位

天帝。**“乾坤”句：**是指宫观中的画图，聚集着天下十洲的神仙。⑤**笙鹤：**笙声鹤鸣。传说中的仙人王子乔，好吹笙。后来曾乘白鹤，驻缑氏山顶，随即飞去。

导读

诗歌运用多则典故和神话传说来描写玉台观的恢弘气势和壮丽景色。首联交代造观的缘由；颔联由玉台观引发联想，烘托了玉台观的历史底蕴；颈联则具体描绘了道观的高大巍峨及壁画的雄浑壮观。尾联运用王子晋的传说发挥想象，影射了滕王的修仙悟道。

观李固请司马弟山水图①

唐·杜 甫

方丈浑连水，天台总映云。②
人间长见画，老去恨空闻。③
范蠡舟偏小，王乔鹤不群。④
此生随万物，何处出尘氛？⑤

注释

①**李固：**诗人的朋友。**司马弟：**李固的表弟做过司马的官，故称司马弟。 ②**方丈：**海上仙山。传说东海有三座仙山，即蓬莱、方丈、瀛洲。**浑：**完全。**天台：**山名，在今浙江省天台县北，也是传说中仙人游赏的地方。 ③**“人间”句：**我在人间经常看到这样动人的图画。**“老去”句：**我老了恨不能遍游天下名山大川。所以说“空闻”，空空地听说名山大川如何好。 ④**范蠡：**春秋时越国重要谋臣，帮助越王勾践灭掉了吴国后，便弃官而去，乘扁舟，游江湖，从此隐姓埋名。**舟偏小：**是说范蠡扁舟太小，恨不能共载同游。**王乔：**指乘鹤飞升的王子乔。**鹤不群：**是说一只鹤只够王子乔乘坐，没有更多的鹤可以让我骑着飞升。 ⑤**“此生”句：**我这一生只有随着万物一同浮沉而已。

“何处”句：是说，还有什么可以让我潇洒出于风尘之外呢？尘氛，混浊的人间。

范蠡

范蠡，字少伯，春秋末年著名的政治家、军事家和实业家。后人尊称“商圣”。他出身贫贱，但博学多才，与楚宛令文种相识、相交甚深。因不满当时楚国政治黑暗、非贵族不得入仕而一起投奔越国，辅佐越国勾践。帮助勾践兴越国，灭吴国，一雪会稽之耻，功成名就之后急流勇退，泛一叶扁舟于五湖之中，遨游于七十二峰之间。期间三次经商成巨富，三散家财，自号陶朱公，乃我国儒商之鼻祖。世人誉之：“忠以为国；智以保身；商以致富，成名天下”。

导读

这首诗意境开阔，文笔回荡，虚实相生，浮想联翩。在这首诗中，采取了虚实相间的写法：第一联是对画面的描绘，将方丈、天台这两座仙、佛居住的名山与水、云联系在一起，充满了苍茫感及神秘味。接着的两句是抒情，如此山水恨不能亲自一游。三四两句绘景，扁舟轻漾，孤鹤长鸣，幽情满纸。接着的两句抒情，如此人物恨不能超出尘外。这像是一边欣赏，一边议论，情趣盎然，别具一格。诗中有画、画中有诗，情景交融，诗意无穷。题画而又不被画面所局限，善于从题外发掘新意，使诗与画相得益彰是杜甫题画诗的特点，这一写法，到了宋元人题山水画强调主观及人的趣味后，几乎奉为楷模。

旅夜书怀

唐·杜　甫

细草微风岸，危樯独夜舟。①
星垂平野阔，月涌大江流。②
名岂文章著，官应老病休。③
飘飘何所似，天地一沙鸥。④

注释

①**危樯**：高竖的桅杆。 ②**星垂**：星光灿烂。 ③“**名岂**”**二句**：这一联用反语抒写怀抱。杜甫的名确实是因文章而著，官则不是因老病而休。应，是。 ④**飘飘**：飞翔的样子。

导读

唐代宗永泰元年（公元765年），杜甫辞去了严武幕府的职务，四月，严武就病逝了。这使诗人不仅失去了生活的依靠，也深感前路茫茫。所以在这夜泊江岸、孤舟对月的时候，诗人感伤身世，于是把一腔悲愤化作了这千古名篇。诗的前半部分写“旅夜”，是景。其中，“垂”“阔”“涌”“流”四字精练无比，正因为原野平阔，看上去感到天暮四低，用“垂”描绘出大浪奔腾，挟月光而起伏的景象。后半部分“书怀”，是情。情景交融，虚实相生，浑然一体，摇曳多姿。颔联雄阔壮丽的景象与颈联落寞凄凉的境遇对照。颈联和尾联由写景转入抒情，从正面“书怀”，“岂”字用反问语气表示怀疑、自嘲，表示自己的愤慨不平，并含蓄地揭示他漂泊、孤寂的根本原因是政治上的失意。尾联借眼前江上沙欧这实有景物自况，让人感到余韵袅袅，回味无穷。

登岳阳楼[1]

唐·杜　甫

昔闻洞庭水，今上岳阳楼。[2]
吴楚东南坼，乾坤日夜浮。[3]
亲朋无一字，老病有孤舟。[4]
戎马关山北，凭轩涕泗流。[5]

注释

①**岳阳楼**：在今湖南省岳阳市西门楼。 ②**洞庭水**：即洞庭湖。

③吴楚：春秋时两个诸侯国名。坼(chè)：裂开。乾坤：天地，或指日月。④无一字：没有一点音信。⑤戎马：指战争。凭：倚靠。轩：栏杆。

岳阳楼

岳阳楼自古有“洞庭天下水，岳阳天下楼”之誉，与江西南昌的滕王阁、湖北武汉的黄鹤楼并称为“江南三大名楼”。登岳阳楼可浏览八百里洞庭湖的湖光山色，千百年来，无数文人墨客在此登览胜境，凭栏抒怀，并记之于文，咏之于诗，形之于画。一代伟人毛泽东也曾手书杜甫的这一首《登岳阳楼》。

导读

这首诗写诗人登楼时的所见和所感。首联以登楼能偿夙愿为喜；颔联赞颂洞庭湖的波涛浩荡，气势磅礴，广袤的洞庭湖水划分开了吴国和楚国的边界，这是空间的分隔；而日月星辰宇宙乾坤交替而行，在湖中一一而过，整个都像是在浮在湖面一般。“坼”“浮”二字是气势之所在；颈联慨叹亲朋音信杳然，自己老病无医；尾联写诗人北望秦陇，以兵乱未息为忧。诗人在诗中把个人的命运和对国家的忧虑联系起来，把对寂寞的身世感慨和壮阔的自然景色相映衬，意境宏大，情调悲壮，是历代广为传诵的登岳阳楼的名篇。

江南旅情[1]

唐·祖　咏

楚山不可极，归路但萧条。[2]
海色晴看雨，江声夜听潮。[3]
剑留南斗近，书寄北风遥。[4]
为报空潭橘，无媒寄洛桥。[5]

注释

①江南旅情：江南旅寓中的情怀。江南，这里指吴地，在今江苏省南部地区。②楚山：楚地的山。不可极：指望不到尽头。归

路：指回归故乡的路。**但**：只是。 ③**"海色"句**：根据海上晴朗的情况判断可能会有雨。海色，江边的景色。**"江声"句**：听到钱塘江水澎湃的声音，就知道是夜潮来了。 ④**南斗**：天上星宿。古代是以天上的星宿来划分地上的疆域。南斗正对吴地，所以这里的南斗，即指吴地。**书**：书信。**北风遥**：是说自己南来而不能北返，如雁随北风南来，家书难得，回去的路途是太遥远了。 ⑤**为报**：代替传达。**潭橘**：吴潭的橘子。**无媒**：没有中间传递者。**洛桥**：洛水上的浮桥，这里即指洛阳。洛阳是诗人的故乡。

导读

这首诗主要表现游子思乡的情绪。诗中处处流露出诗人与家人音信隔绝，两地茫茫的愁绪。诗歌开篇即营造了一种萧瑟凄凉的气氛：楚山绵延没有尽头，归家之路落寞漫长，诗人的乡愁尽在其中，思归而又无法归去。因此，在这书剑飘零吴地的日子里，只有早看海色，夜听潮声，来排遣心中的愁绪。全诗语言清丽，对仗工整，诗情颇为浓郁。但其间意蕴有重复处，"寄"字也接连两用，这不能不说是白璧微瑕了。

宿龙兴寺①

唐·綦毋潜

香刹夜忘归，松清古殿扉。②
灯明方丈室，珠系比丘衣。③
白日传心净，青莲喻法微。④
天花落不尽，处处鸟衔飞。⑤

注释

①**龙兴寺**：在今湖南省零陵县西南。 ②**香刹**：寺庙，这里指龙兴寺。**松清**：指松树林中的阵阵清风。松，松树。**扉**：门。 ③"灯

明”句：禅堂里的灯光明亮。方丈，即禅堂。**“珠系”句**：佛珠系在和尚的身上。这表示他们正在夜间诵读经文。珠，指佛教徒挂的佛珠。比丘，和尚。 ④**白日**：是说像白日那样明亮。**心净**：心里没有杂念，极为清净。**“青莲”句**：讲诵妙法的精微，就像佛说的那样洁净。青莲，佛教语，是一种譬喻，这里指佛经。微，精微。 ⑤**天花**：天女散花。因佛法玄妙精微，天女受到感动而散花佛前。**鸟衔飞**：鸟衔着飞走了。因天女散花很多，纷纷还未落下的，被鸟在空中衔了飞走。

比丘

比丘，也叫比刍，梵语的译音，为佛教出家“五众”之一，是指年满二十岁受过具足戒的男性出家人。比丘其意译为“乞士”，即上从诸佛乞法，下就俗人乞食。比丘是佛的弟子，当然要从佛乞法，但为什么要向俗人乞食呢？这是因为比丘出家学法，一般不作治生产业，乞食不但可以省事修道，而且可以破除骄慢之心。《金刚经》载：“（佛）著衣持钵，入舍卫大城乞食，于其城中，次第乞已，还至本处。”释迦牟尼出家时，净饭王派陈如等五名亲信随侍。释迦牟尼成道以后，这五人在鹿野苑听法出家，为最早的比丘。

导读

诗歌开头即交代了写作此诗的缘由，诗人因为郊游到龙兴寺乐而忘返，因此有幸观察到寺中僧侣们晚间的功课活动，诗歌侧重描写了他们传授佛法，讲授佛经的场面。结尾运用典故，展开联想，比较灵动、清新。

题破山寺后禅院①

唐·常　建

清晨入古寺，初日照高林。②

曲径通幽处，禅房花木深。③

山光悦鸟性，潭影空人心。④

万籁此俱寂，惟闻钟磬音。⑤

注释

①**破山寺**：即兴福寺，在今江苏省常熟县虞山北麓。**后禅院**：僧侣们居住的院子。 ②**初日**：刚刚升起的太阳。 ③**曲径**：曲折的小路。**幽处**：幽静的地方。**禅房**：和尚所住的房屋。**花木深**：指禅房隐藏在花木丛中。 ④**山光**：初日照在木石上的一种反光。**潭影**：山光和天色倒映在潭里的清亮水影。 ⑤**万籁**：各种声响。**钟磬**：寺院中诵经、斋供时用以敲击发出信号，钟响开始，磬响停止。

导读

这首诗重在描写寺院中清幽静寂的氛围，抒发的是寄情山水的隐逸胸怀。常建在这首诗中，把旧时佛教寺院的幽寂环境和淡泊情志，通过生动的形象把它刻画了出来，并表现为一种静的情趣。开头两句，一气呵成，虽然对仗，却是那么自然，写出了诗人清晨入古寺，即目所见的最初景象。接着的两联，写了曲径通幽，禅房花木；写了山光鸟语，潭影人空，这是一个多么幽静的世界。只有那偶尔传来的阵阵钟磬声，在空中回荡，更增加了人们的寂静感觉。诗中“清”、“古”、“高”、“幽”、“深”、“悦”、“空”、“寂”等字布满全篇，宁静淡雅的情韵随之自然流露，无处不有。整体情境的营造是这首诗最重要的特点，也是它为人称道的主要原因。诗人通过欣赏这禅院幽美绝世的居处，领略这空门忘情尘俗的意境，寄托自己遁世无闷的情怀。

题松汀驿[1]

唐·张　祜

山色远含空，苍茫泽国东。[2]
海明先见日，江白迥闻风。[3]
鸟道高原去，人烟小径通。[4]
那知旧遗逸，不在五湖中。[5]

注释

①松汀：驿站名。 ②含空：含着天空。含，连接，衔接。泽国：因东南水乡地势低湿，故称泽国。 ③“海明”句：东南近海，最早看到日出，所以说“先见日”。“江白”句：江上白浪翻涌，很快就远远地听到了风声。迥，远。 ④鸟道：只有鸟才可以飞越的地方，形容山路险峻狭窄。“人烟”句：是说人烟错落远通于小径之中。⑤那知：哪知，哪里知道。旧遗逸：旧日隐身遁迹的人。五湖：太湖。

导读

这首诗是题在松汀驿的，写的是松汀驿周围的景色：群山远空，湖泊交错，海上日出，江上急风，高原鸟道，村落人烟，呈现出一幅栩栩如生、色彩斑驳的怡人画面，充满了诗情画意。尾联由对美景的欣赏转至叙事，访友不遇，因而心生遗憾，略带忧思，平添了几分诗意，达到了诗情美景的高度统一。明代的李梦阳对这篇作品至为欣赏，他提出诗的两个优点，一是音韵协调，二是气势强健。除此之外，风格上的雄丽，境界的宽阔，词句的优美，也都是这首诗及诗人其他同类作品不可忽略的优长之处。

圣果寺[①]

唐·释处默

路自中峰上，盘回出薜萝。[②]
到江吴地尽，隔岸越山多。[③]
古木丛青霭，遥天浸白波。[④]
下方城郭近，钟磬杂笙歌。[⑤]

注释

①圣果寺：在今杭州市城南凤凰山。 ②路：指到圣果寺的路。盘回：指小路盘回曲折。薜萝：藤萝植物。 ③江：指钱塘江。

④古木：年久的参天古树。青霭：青葱霭翠，指山上的古木青翠一片。遥天：遥远天边的江水。 ⑤下方：下面的地方。“钟磬”句：寺院的钟声和湖上笙歌交织在一起了。

钟磬

钟磬是古代两种重要的击打乐器，它们各有不同的形制。

磬是用石头磨制的，其起源时间可以上溯到石器时代。人们在磨制石具的实践中，注意到不同石块受打击时会发出不同声音，因而受到启发，开始磨石为磬。最初用普通石头磨制，后来逐渐采用某些特殊石头（或玉石）制成发各种固定单音的磬，再后来又发展成为具有几个至一系列固定音的编磬。编磬的出现朝代不晚于商。1935 年在安阳侯家庄西北岗殷代大墓，曾出土过玉制编磬一组，计十三枚，就证明了这一点。

导读

诗的首联写出圣果寺的地理特色，处高而隐蔽。第二联写诗人登临其上，俯瞰所得，勾画出吴越两地绵山相邻，两江相对的伟岸气势，令人陶醉。第三联写景，景色远近交错，色彩纷呈，突出了圣果寺周围的景色美不胜收，尾联由自然之景转入对世俗红尘的表达，“钟磬杂笙歌”流露出诗人的复杂心绪，各种滋味涌上心头。

全诗结构自然，描写形象生动，诗境开阔清新，俊逸的笔法中夹着一丝细腻的温婉，对于一个出家人来说，这已经是十分难得了。

唐诗中写寺庙的作品，大部分出于士大夫之手，这里的一首则是僧人自己写的，所以自有特色。士人写庙里音乐往往要提到钟鼓，特别是庙里面才有的磬，而这里却说“钟磬杂笙歌”——山上庙里的钟磬与山下世俗的笙歌交混回响；诗人对圣果寺内部的情形几乎未写一字。

野　望

唐·王　绩

东皋薄暮望，徙倚欲何依？①
树树皆秋色，山山惟落晖。②
牧人驱犊返，猎马带禽归。③
相顾无相识，长歌怀采薇。④

注释

①**东皋**：指诗人隐居的东皋村。**薄暮**：傍晚。**徙倚**：徘徊。**依**：依靠。　②**秋色**：指树木凋零的残败景象。**落晖**：夕阳的光辉。③**犊**：小牛。**猎马**：打猎用的马。**带禽归**：带着猎获的禽鸟回村了。④**相顾**：指诗人回头看那些晚归的人。**长歌**：长声歌唱。**怀**：想念。**薇**：草本植物，嫩叶可食。

导读

这首诗是诗人在归隐之后写的，写的是山野秋景，在闲情逸致中又带几分彷徨和苦闷。

诗抒写了秋天的傍晚，在原野上眺望的观感。首句指出地点、时间，次句展现了满怀苦闷彷徨，不知如何是好的心态。三、四句树木萧疏，夕阳的余晖笼罩着山峦的凄清景象，衬托“欲何依”的感情。以下几句说牧人、猎人从身边经过，但“相顾无相识”，可见出诗人很孤独。最后表达对“不食周粟”的伯夷、叔齐的怀念之情，是有原因的：诗人原是隋朝的子民，经历隋朝灭亡、唐朝建立的过程，但心里未能乐意地接受朝代更替的现实。这是唐诗中出现得较早的一首五律，它对仗工稳，朴素自然，景物描写生动形象，虽然情调十分低沉，仍不失为一首名诗。这首诗首尾两联抒情言事，中间两联写景，深化诗意。全诗把诗人心中的惆怅忧郁与傍晚深远的景物相结合，于闲适的气象中寄托隐逸避世的情感。

在南朝宫体盛行的隋及唐初，像《野望》这样朴素、清新无华丽辞藻而格律很严的五律，是非常罕见的，给予读者全新的感受。此诗摆脱了它的古风形式，应该说是唐代五律的开新之作。

送著作佐郎崔融等从梁王东征①

唐·陈子昂

金天方肃杀，白露始专征。②
王师非乐战，之子慎佳兵。③
海气侵南部，边风扫北平。④
莫卖卢龙塞，归邀云阁名。⑤

注释

①**著作佐郎**：官名。**崔融**：字安成，武则天时的大文学家。做过著作佐郎。**梁王**：武三思。 ②**金天**：即秋天。**方**：正在。**肃杀**：严酷萧瑟的样子。**白露**：二十四节气之一，在阳历九月八日前后。**始**：开始。**专征**：古代帝王授诸侯、将帅掌握军队的特权。 ③**王师**：指唐朝的军队。**乐战**：乐于打仗，好战。**之子**：这人，指崔融等人。**慎**：谨慎对待。**佳兵**：好用兵。 ④**海气**：海上云雾。**侵**：侵近。**南部**：指南部边疆。**边风**：边地之风。**扫**：迅速横掠而过。**北平**：北平郡，治所在今河北省卢龙县。 ⑤**卢龙塞**：古代军事要塞，在今河北省喜峰口附近。**云阁**：云台和麒麟阁，是汉朝陈放功臣画像的地方。

二十四节气

二十四节气是我国古代订立的一种用来指导农事的补充历法，早在在春秋战国时就已形成。由于中国农历是一种“阴阳合历”，即根据太阳也根据月亮的运行制定的，因此不能完全反映太阳运行周期，但中国又是一个农业社会，农业需要严格了解太阳运行情况，农事完全根据太阳进行，所以在历法中又加入了单独反映太阳运行周期的“二十四节气”，用作确定闰月的标准。二十四节气能反映季节的变化，指导农事活动，影响着千家万户的衣食住行。二十四节气是根据太阳在黄道（即地球绕太阳公转的轨道）上的位置来划分的。

导读

陈子昂任武则天的谏官时，对军事问题曾有过好的建议。他主张息兵，又不一概反对战争，这首诗也表达了同样的意见。认为王师东征不能滥加征伐，用兵的事一定要慎重对待。同时又告诫崔融等人，且不可丢失国土，然后又冒功请赏。后一种情况当时确实存在。诗人送别朋友，用如此尖锐的语言提醒对方，正表现出诗人他对边将中恶劣作风的十分不满。

诗歌除了诤诤直言外，还体现出诗人对军队必胜的信心。全诗感情饱满，笔力雄健，充满了浩然正气。

携妓纳凉晚际遇雨(其一)[①]

唐·杜　甫

落日放船好，轻风生浪迟。[②]

竹深留客处，荷净纳凉时。[③]

公子调冰水，佳人雪藕丝。[④]

片云头上黑，应是雨催诗。

注释

①**携妓**：带着歌妓。**晚际**：晚上。　②**“落日”句**：指太阳落山时，正好放船。**“轻风”句**：由于风轻，水面迟迟泛起细微的波纹。③**竹深**：指水边竹林茂密的地方。**荷净**：荷叶清净。　④**调冰水**：用冰调制凉水，供人解暑。**佳人**：指歌妓。**雪藕丝**：把藕的白丝去掉。雪，作动词用，拭，揩。

导读

这是杜甫在长安陪同贵公子游乐写的诗。诗的一、二句写放船时的景象；三、四句写纳凉的所在和环境；五、六句写公子、歌妓在船上的活动；七、八句写云头低垂，天将有变，切诗题“晚际遇雨”。“片云头上黑，应是雨催诗”，把云、雨和诗连在一起，显出诗人的情致高雅，对于不堪作诗的诸贵公子却微有讽意。这两句承前启后，天下的乌云预示着风雨即将来临，为下一首诗埋下伏笔。

这是杜甫早年的作品，思想及艺术均不可取。

诗题讲纳凉，第一首提到什么地方纳凉最好，又大写他们如何安排冷饮，而到第二首竟然狂风骤起，一雨成秋，将前文完全收拾干净了。两首一气贯注，章法极佳。

携妓纳凉晚际遇雨(其二)

唐·杜　甫

雨来霑席上，风急打船头。①
越女红裙湿，燕姬翠黛愁。②
缆侵堤柳系，幔卷浪花浮。③
归路翻萧飒，陂塘五月秋。④

注释

①**霑**：同“沾”，浸湿。**席**：座席。　②**越女**：出生在越地的女子。越，指江、浙一带。**燕姬**：出生在燕地的女子。**翠黛**：眉。翠，青绿色。　③**缆**：系船的绳索。**侵**：近。**系**：打结拴上。**幔**：船上用来遮蔽阳光的帐幔。　④**归路**：回去的路上，仍指丈八沟。**翻**：反，却，表示转折的副词。**萧飒**：萧萧飒飒的风雨声。**陂**：水塘，这里指丈八沟。**五月秋**：暴雨降后，天气转凉，好像到了秋天一样，故称五月秋。

导读

此诗紧接上一首，叙写遇雨的情况，中间以云雨过渡。前一首着重写雨前众人兴致，这首着重写雨到船上景况。诸贵公子携妓坐船，本欲纳凉游玩，谁知晚际暴雨淋头，真是大煞风景。尾联的“归路翻萧飒”是总结性的语句，他们来的时候兴高采烈，去时却兴味索然，前后形成强烈对比，同时也暗含了诗人对政治朝夕变幻的深切感触和嘲讽之情。

但此诗与上诗都毫无价值，是杜诗中的劣品。

宿云门寺阁①

唐·孙　逖

香阁东山下，烟花象外幽。②
悬灯千嶂夕，卷幔五湖秋。③
画壁余鸿雁，纱窗宿斗牛。④
更疑天路近，梦与白云游。⑤

注释

①**宿**：投宿，过夜。**云门寺**：寺庙名，位于浙江省绍兴市云门山。②**烟花**：指春天繁花盛开的景色。**象外**：人间的物象之外。**幽**：僻静而少人迹，引申为幽雅。③**悬灯**：挂灯。**千嶂**：群山。嶂，屏障似的山峰。**夕**：夜。**幔**：帐幔。**五湖**：指太湖，或泛指吴越一带所有的湖泊。**秋**：秋天。④**画壁**：指庙内壁画。**余鸿雁**：壁画已经剥蚀脱落，只余下鸿雁的图像可看。**斗牛**：斗宿和牛宿，同属天上二十八星宿。⑤**天路**：上天之路。**游**：遨游。

导读

这首诗以浪漫的笔调写诗人夜宿云门寺阁的感受。诗依题“宿”的过程展开。首联写将宿之地，用浑笔说出门阁的位置，“烟花”二字强调景色之美，“幽”字肯定环境之静，切合寺庙。在叙事时淡淡地渗入场景，为“宿”做好衬垫。诗人抓住了阁楼地势较高的特点，描写周围景色。诗中写阁上悬灯，直觉层峦叠嶂隐于暝色之中；夜风卷幔，五湖秋气飘进阁楼，已经衬托出了寺阁的高峻。后又用诗人的主观感受，写其夜宿斗牛之间，梦与白云同游，更使阁楼之高涂上了神奇色彩。现实中的寺阁，就在云门山下，诗中的阁楼仿佛升入了云霄一样。

诗人这样写，既反映了他的浪漫气质，也多少流露了他想飘然世外的念头。

全诗以时间为线索，又以空间为序，紧扣诗题，环环相衔，别具匠心。

秋登宣城谢朓北楼[①]

唐·李　白

江城如画里，山晚望晴空。[②]
两水夹明镜，双桥落彩虹。[③]
人烟寒橘柚，秋色老梧桐。[④]
谁念北楼上，临风怀谢公。[⑤]

注释

①**宣城**：县名，即今安徽省宣城县。　②**江城**：指宣城，因水阳江从城旁流过，故称江城。**如画里**：指宣城风景优美犹如在画中一般。③**两水**：指绕城而流的宛溪、句溪。**夹**：指溪水为溪岸所夹。**明镜**：形容溪水明亮如镜。**双桥**：指溪上凤凰、济川二桥，始建于隋代。　④**人烟**：这里指炊烟。**"秋色"句**：秋天枯黄的颜色染上梧桐，使梧桐更显得苍老。　⑤**谁念**：谁会想到。**临风**：当风。**怀谢公**：怀念谢朓。谢公，对谢朓的敬称。

导读

谢朓是李白平生最敬慕的前代诗人之一，李白曾写过很多诗篇来表达对他的缅想和怀念。这首诗是李白在登临宣城谢朓北楼遗址时写下的，全诗以宣城秋景领起，以对谢朓的怀念收尾，写得意境幽邃，情感真挚。诗一开始就用倒点题的办法，把诗人登楼所见的总的感受"江城如画里"摆到读者面前，给人一个突出的印象，然后再勾勒这幅画的内容。画中有明亮如镜的清溪，美如彩虹的双桥，有在晚空飘浮的炊烟，还有令人生寒的桔柚，枝叶枯败的梧桐，画面是丰富的。如果诗人仅仅勾勒出一幅画，那还不算成功。重要的是诗人还写出了他“观画”时的心理活动，抒发了他怀念谢朓而又不为人所知的惆怅心情。当李白独自在谢朓楼上临风眺望的时候，他和谢朓的精神却是遥遥相接的。因为政治上受到压抑，找不到出路，所以只得寄情于山水，反映出诗人政治上苦闷彷徨的孤独之感。

这首诗语言流畅、结构严谨，在锤炼字句和以诗境转换展示情绪变化等方面尤见功力。

临洞庭湖赠张丞相①

唐·孟浩然

八月湖水平，涵虚混太清。②
气蒸云梦泽，波撼岳阳城。③
欲济无舟楫，端居耻圣明。④
坐观垂钓者，徒有羡鱼情。⑤

注释

①张丞相：张九龄。　②涵虚：指湖水澄澈空明。太清：天空。③云梦泽：古云梦泽包括湖北省南部、湖南省北部一带低洼之地。④济：渡。端居：安居。　⑤垂钓者：比喻已经出仕的人。

导读

这首诗从表面上看是写游洞庭湖的，其实饱含着政治目的，读来十分有味。诗的前半部分以洞庭湖的波澜壮阔，象征开元时代开明的政治局面。后半部分以自己的落拓不堪，与雄伟的湖景和兴盛的时代相比显得不太相称，希望政治抱负得到施展，又苦于无人援引，所以深有“欲济无舟楫，端居耻圣明”的慨叹。全诗运用比兴的手法写诗人急于求荐，但又不露痕迹，构思新颖，艺术上颇具特色。其中“气蒸云梦泽，波撼岳阳城”中“蒸”“撼”二字新奇警拔，将洞庭湖云蒸霞蔚、巨浪排空，气势磅礴，跃然纸上，与杜甫的“吴楚东南坼，乾坤日夜浮”同为描绘洞庭湖的名句。

过香积寺[1]

唐·王 维

不知香积寺，数里入云峰。[2]
古木无人径，深山何处钟。[3]
泉声咽危石，日色冷青松。[4]
薄暮空潭曲，安禅制毒龙。[5]

注释

①**过**：访。**香积寺**：故址在今陕西省西安市南。 ②**数里**：几里。 ③**径**：小路。 ④**咽**：呜咽，指泉声。**危石**：高大的石头。 ⑤**薄暮**：傍晚。**安禅**：身心安然入于禅定，即进入清静宁寂的境界。**毒龙**：这里是指人世钻营机巧之心。

导读

香积寺是唐代著名寺院，王维的这首《过香积寺》，也是描写寺院的著名诗篇。前六句写到寺前路上之景，由远而近；末二句才接触到寺，它未从正面写它，只是从侧面咏叹寺僧禅理之高、深，由此可见一斑。这里的“咽”、“冷”二字，也常为人们所称道，因危石的阻隔，泉水不能顺利流淌，发出呜咽凄切的声音；夕阳西下，昏黄的余晖洒在一片幽深的松林上，青松使日光仿佛也变冷了。它以鲜明的个性表现了典型环境中的泉声和日色，是古典诗歌中炼字的范例。全诗构思新奇，用字精妙。

送郑侍御谪闽中①

唐·高　适

谪去君无恨，闽中我旧过。②

大都秋雁少，只是夜猿多。③

东路云山合，南天瘴疠和。④

自当逢雨露，行矣慎风波！⑤

注释

①**郑侍御**：诗人的朋友。侍御，官名。**谪**：古代官吏因罪降职或被流放，谓之贬谪。**闽中**：古郡名，治所在冶县（今福建省福州市）。②**君**：指郑侍御。**无恨**：不要有怨恨的心情。**旧过**：往日到过。③**大都**：大概。**夜猿多**：夜里猿猴多。　④**东路**：指由长安到闽中去的路线。**云山合**：云山连合。**南天**：南方。**瘴**：瘴气。**疠**：瘟疫。**和**：混杂在一起。　⑤**自当**：一定会。**逢雨露**：指得到皇帝的恩惠。**行矣**：去吧。**慎风波**：小心意外事情的发生。

导读

这首诗的独特之处是它并不以诉说依依惜别之情为主，而是侧重于对友人离去的安慰和劝勉。郑侍御遭到贬谪，心情是不好过的。诗人很同情他的遭遇，安慰他说：你被贬到闽中去，不要有太多的怨恨。那个地方我曾经到过，大概秋天很少见到鸿雁，倒是夜里有许多猿猴哀鸣。东去的路上崇山峻岭，云雾缭绕，南方瘴气很重，常有瘟疫流行。不过你只是暂时贬谪，终会遇到皇恩雨露，被召回来的。望你一路上小心谨慎，多多保重。诗人这番话，摸准了朋友的心思，用自己的经历劝慰对方，说得自然亲切，感染力是很强的。全诗虽无一处言情，却字字关情，体现了诗人对友人的浓情厚意，也反映出他们的真挚友谊。

秦州杂诗[①]

唐·杜　甫

凤林戈未息，鱼海路常难。[②]
候火云峰峻，悬军幕井干。[③]
风连西极动，月过北庭寒。[④]
故老思飞将，何时议筑坛？[⑤]

注释

①**秦州杂诗**：乾元二年（公元759年）秋，杜甫弃官从华州携家奔往秦州（今甘肃省天水市），作《秦州杂诗》二十首。　②**凤林**：凤林关。**戈未息**：干戈未息，指战争没有停止。**鱼海**：唐时吐蕃占领区内的城镇名。　③**候火**：烽火，边境报警的火。候，同“堠”，哨所。**云峰**：云层堆积形若山峰。**峻**：高峻。**悬军**：深入敌方的孤军。**幕井**：军队用的水井。　④**连**：同。**西极**：泛指西方边远之地。**北庭**：北庭都护府，唐六都护府之一。　⑤**故老**：年老的人，杜甫自指。**飞将**：指汉将李广。**议**：议论，商量。**筑坛**：指拜将。

李广

李广（?—公元前119年），汉族，陇西成纪（今甘肃静宁）人，西汉名将。汉文帝十四年（公元前166年）从军击匈奴因功为中郎。景帝时，先后任北部边域七郡太守。武帝即位，召为中央宫卫尉。元光六年（公元前129年），任骁骑将军，领万余骑出雁门（今山西右玉南）击匈奴，因众寡悬殊负伤被俘。匈奴兵将其置卧于两马间，李广佯死，于途中趁隙跃起，奔马返回。后任右北平郡（治平刚县，今内蒙古宁城西南）太守。匈奴畏服，称之为飞将军，数年不敢来犯。元狩四年，漠北之战中，李广任前将军，因迷失道路，未能参战，愤愧自杀。

导读

诗人寄居秦州，写了二十首吟咏当地风物及表达伤时感乱情怀的诗，这是其中第十九首。当时西北驻军内调，而又常有吐蕃侵扰内地的事件发生，于是忧念时事，写下了这首诗。

首联写战事频繁，烽火连天，是“兵荒”。颔联紧承上联，写“饥荒”。颈联用恶劣的自然环境极言战争所带来的祸害。尾联“思飞将”、“议筑坛”，表现了诗人渴望平息战争，国泰民安的愿望，诗人的忧国忧民之情使诗歌的立意得到了提高。

禹　庙①

唐·杜　甫

禹庙空山里，秋风落日斜。②
荒庭垂橘柚，古屋画龙蛇。③
云气嘘青壁，江声走白沙。④
早知乘四载，疏凿控三巴。⑤

注释

①禹庙：纪念和祭祀大禹的庙宇。在忠州临江县(今四川省忠县)。禹，即夏禹，亦称大禹。我国古代传说中治水的英雄。　②“禹庙”句：指禹庙坐落在寂静的山中。空，空寂。“秋风”句：秋风吹拂，夕阳的余晖斜照在庙宇的屋瓦上。③“荒庭”句：荒芜的庭院里唯有那一棵棵橘树、柚树上结的果实低垂着。“古屋”句：古老的庙宇里面，墙壁上画着龙蛇的图案。④“云气”句：是“青壁嘘云气”

大禹

姒姓夏后氏，名文命，号禹，后世尊称大禹，夏后氏首领，传说为帝颛顼的曾孙，黄帝轩辕氏第六代玄孙。他的父亲名鲧，母亲为有莘氏女修己。相传禹治黄河水患有功，受舜禅让继帝位。禹是夏朝的第一位天子，因此后人也称他为夏禹。他是我国传说时代与尧、舜齐名的贤圣帝王，他最卓著的功绩，就是历来被传颂的治理滔天洪水，又划定中国国土为九州。后人称他为大禹，也就是伟大的禹的意思。

的倒装，意谓禹庙外云雾飘涌，好似从青壁上生发出来的一样。青壁，指庙外山崖石壁。嘘，出气的样子。**“江声”句**：是“白沙走江声”的倒装，意谓在积满白沙的大江里，传出江水奔腾咆哮的声音。走，跑，这里有奔腾的意思。 ⑤**早知**：早已知道。**乘四载**：指大禹治水时曾经乘坐四种交通工具。四载，水行乘舟、陆行乘车、泥行乘楯（以木板放于泥上拖行）、山行乘樏（登山用具）。**凿**：指开山疏通河道。**控**：控制，支配。**三巴**：东汉末年，益州牧刘璋设巴东郡、巴郡和巴西郡，称为“三巴”。

导读

此诗写于永泰元年（公元765年）秋天。诗人在这首诗中既写出了禹庙内外的景象，也赞颂了大禹开山治水的功德。首句写禹庙的环境，次句写登临的季节及时间。“荒庭”、“古屋”两句是对禹庙的描绘，表现了它的古旧及荒凉。庙内外景，有物有画，有声有色，既是眼前实景，又切合大禹故事。妙在有意无意之中，与他对大禹的赞颂融合无间。其中“嘘”字、“走”字，写云出石壁，江水咆哮，很有气势。诗写大自然的壮观景象也是对大禹神功的一种烘托。层次分明、描绘精细是此诗的艺术特点。全诗将神话与现实、庙内与庙外之景，大自然的磅礴气势和大禹治理山河的伟大气魄迭合到了一起，令人感到无限的力与美。

望秦川①

唐·李 颀

秦川朝望迥，日出正东峰。②
远近山河净，逶迤城阙重。③
秋声万户竹，寒色五陵松。④
有客归欤叹，凄其霜露浓。⑤

注释

①**秦川**：古代地名，泛指今陕西、甘肃秦岭以北平原地带。②**朝**：早晨。**迥**：远。 ③“**远近**”**句**：早上空气清新，远近山河好像被水洗过似的，明净得很。**逶迤**：弯弯曲曲，延续不断的样子。**城阙**：城郭、宫阙，是宫殿前的望楼。这里指长安。 ④“**秋声**”**句**：众多人家的竹林被秋风吹动发出凄清的声响。**寒色**：指令人生寒的翠色。**五陵**：长安城外地名，因汉代五座陵墓而得名。 ⑤**有客**：指诗人。**归欤**：归去。欤，表示感叹的语气。**叹**：叹息。**凄其**：寒凉的样子。

导读

近代著名学者王国维有句名言，说一切写景语其实都是抒情语。这首五律正可以为这个论断作一个生动的注解。诗从途中回望的角度，写出了秋日秦川萧瑟、凄清的景色。虽然是日出东峰，山河明净，城阙逶迤，却笼罩在肃杀的气氛中。这片景色反映了诗人心情的怅惘郁闷。他最后直接表露心思，说道：就在这样的情况下，有人在途中正为自己的归去而悲叹，那一份难受的心情如同严霜冷露一样凄凉。

此时，诗人的情绪跌至谷底，忧思难以自禁，典故的运用恰到好处地抒发了诗人的苦闷之情。诗在写景时用笔开阔明快，尾联急收，情意深致而不忘带景烘托，诗便显得沉着有力，意在言外。

同王征君洞庭有怀[①]

唐·张 谓

八月洞庭秋，潇湘水北流。
还家万里梦，为客五更愁。[②]
不用开书帙，偏宜上酒楼。[③]
故人京洛满，何日复同游？[④]

注释

①同：和。**征君**：是皇帝召见过的人。**有怀**：有感。 ②“还家”句：这句写回家不得，只能在万里之外做着归家的好梦。**为客**：离家远游称为在外作客。**五更**：天将亮时。古时分一宿为五更。③**书帙**：装书用的套子。**偏宜**：只适宜。 ④**故人**：老朋友。**京洛**：指长安和洛阳。唐时长安为西京，洛阳为东京。**满**：布满。

导读

这首诗是张谓出使夏口（今湖北省武汉市武昌）期间，与王征君泛舟洞庭湖而作。诗中主要描述了他久出未归的乡愁。前两句写洞庭潇湘秋景，秋日潇湘北流，而诗人却羁留南方，所以他见景更加生愁。中间四句写他乡思难禁，无可奈何的心情。夜里梦归，五更生愁；白日无心看书，只想上楼饮酒。末两句写他急欲见到京洛亲友的愿望。虽是和诗，却写得明畅直率，朴素自然，是感人之作。全诗没有浓丽的词藻和过多的渲染，信笔写来，如流水行云，悠然隽永。

渡扬子江[①]

唐·丁仙芝

桂楫中流望，空波两畔明。[②]
林开扬子驿，山出润州城。[③]
海尽边阴静，江寒朔吹生。[④]
更闻枫叶下，淅沥度秋声。[⑤]

注释

①**扬子江**：长江下游流经今江苏省仪征、镇江、扬州地区的一段江水，称为扬子江。 ②**桂楫**：用桂树木料做的船桨，此处作船的代称。**中流**：江流中心。**空波**：指江面水波和水上空间。**两畔**：指扬子

江南北两岸。**明**：分明。 ③**驿**：古代为传送公文或来往官员提供马匹、住宿的处所。**润州城**：即今江苏省镇江市，位于长江南岸，与扬子驿隔江相对。 ④**海尽**：海的尽头，这里指扬子江流域。**边阴静**：边地肃静，太平无事。**江寒**：江上寒气袭人。**朔吹**：指北风。朔，北方。 ⑤**更闻**：又闻。**枫叶下**：枫叶飘落。**淅沥**：这里指枫叶飘落的声音。**度**：度过，引申为传出。**秋声**：秋风吹动草木的响声。

导读

这首写秋景的诗，构思新颖。它抓住了船行江中，人的视野灵活变化的特点来布设景物。诗人感受独特，诗中画面新鲜。从江北的“林开扬子驿”到江南的“山出润州城”，我们似乎看见一条渡船正由北向南开来，还分明见到了诗人立在船头前后眺望的形象。末二句写船近江南，秋声淅沥，用一“度”字，很形象地写出了岸上落叶声飘过江面，送进船上诗人耳中的情景。全诗写秋景、秋声，都从船上人的视觉、听觉的感受入手，这也是它不同于其他秋景诗的地方。虽然诗中并未明写乡愁，但随着诗情的深入，这种乡愁自然而现，这也是诗人功力所至的表现。

幽州夜吟[①]

唐·张　说

凉风吹夜雨，萧瑟动寒林。[②]
正有高堂宴，能忘迟暮心。[③]
军中宜剑舞，塞上重笳音。[④]
不作边城将，谁知恩遇深。[⑤]

注释

①**幽州夜饮**：指在幽州出席晚宴。幽州，古州名。唐先天二年（公元 713 年）设幽州节度使，治所在今北京大兴。 ②**凉风**：北风。**萧**

瑟：风雨声。**动**：摇动。**寒林**：寒气袭人的树林。 ③**高堂宴**：在高大的厅堂里举行的宴会。**迟暮心**：指因年老而产生的衰颓情绪。迟暮，衰老，年迈。 ④**宜**：适宜，相称。**塞上**：边地险要处。**重**：注重。**笳**：胡笳，木制乐器。古时流行于西北少数民族地区，后传入中原，常作为军乐器。 ⑤**恩遇**：指皇帝的知遇之恩。

剑舞

剑舞，因执剑器而舞，故名。剑舞中的剑有单剑、双剑和刀型短剑之分。单剑一般都带有剑穗，剑穗又有长短之分，长的达1米。舞动起来，剑与穗刚柔相济，变化多端，使剑舞生色不少。剑舞舞姿潇洒英武，形式绚丽多彩，从动作变化上看，大体可分为“站剑”和“行剑”两大类。“站剑”动作迅速敏捷，静止时姿态沉稳利爽，富有雕塑感。“行剑”动作连绵不断，如长虹游龙，首尾相继，又如行云流水，均匀而有韧性。表演时每两人东西相对，先跳序舞，后弯腰拾剑，右手先握，后转至左手，徐徐站起，挥剑起舞，遂步推向高潮。整个舞蹈在往前后弯腰并飞速转动身体的动作的旋转中结束。虽说是舞剑，却没有杀气腾腾的气氛，舞者那端庄、悠然的表演给人以美的享受。

导读

这是一首边塞诗，描写了边城夜宴的情景，委婉地流露出诗人对遣赴边地的不满。

开头两句写风吹寒林，夜雨萧萧，景中已见愁情。次两句讲高堂宴会能忘迟暮之心，一个“能”字正反映出他迟暮之感极深，只是因为一时场面热闹，暂忘愁思而已。五、六句写军中剑舞、塞上笳音，加上“宜”、“重”二字，说明边地生活单调，衬出他的寂寞之感。最后两句说，我不做幽州都督尝此苦味，哪里体会得出往日皇上对我恩遇之深。诗人感叹昔日恩深，正是伤感今日迟暮。不过话说得含蓄，怨而不露，寄托深婉。

张说罢相后，于开元六年（公元718年）以右羽林军将军检校幽州都督，诗当作于此时。诗人的情绪是低沉的，所以诗中大写凉风、寒林和笳声；他只好借宴饮和乐舞来打发哀伤，却仍然要说什么“不作边城将，谁知恩遇深”这种表示精神胜利的话语。